—— 阅读之前 没有真相

午夜文库

人类的天敌

（日）森村诚一 著
杨清凇 译

新星出版社 NEW STAR PRESS

目录

1	人类的天敌
57	最后一幕
121	杀人荷尔蒙
169	复眼的凶像

人类的天敌

"滚回去！洗把脸照照镜子再来！"

怒骂劈头盖脸地朝椎津砸来，递过去的赠礼也被摔回到他面前。

由于服务台的失误，将其他客人带进了一对新婚夫妇的房间。

婚礼顺利结束、亲朋好友们也都尽数归去，这对夫妻好不容易才松了一口气，却在自己的房间里放松时发现其他客人大摇大摆地走了进来。这是酒店套房布局最大的问题。

若是先到的客人不在房间内，那么只要向后来的客人道个歉，带他到另外的房间即可。但不巧的是，这次偏偏在新郎新娘正准备上床休息时，后来的客人进了房间，事情就难办了。

酒店方面当场一个劲儿地道歉，把后来的客人安排到了其他房间，但夫妇的家人并没有就此作罢，说是在新婚初夜受到这番打扰是不吉利的。

新郎的父亲是位特别守旧的人，他非常震怒。

"道歉就管用吗！一流酒店弄出如此失态的事情，居然还有脸派个经理待遇的后勤课长来？这也太不把客人放在眼里了！根本不该让你这种级别的人出面，叫你们社长亲自来道歉！"

椎津递出的名片上的头衔似乎更加激怒了对方。他的名片上印着经理待遇这种模棱两可的头衔，只是为了在客人面前显得好看而已。

椎津一训是赤坂皇家酒店的后勤课长。课长这个头衔听上去虽还不错，但正如"后勤"这个名词所显示的那样，实际上是负责处理客人的反馈意见和赔偿事宜的，在公司内被称为"道歉屋"。一旦酒店遇到了投诉，后勤课的人就要去赔礼道歉。

酒店可是滋生投诉的温床。客房、宴会场以及饮食等方面是酒店的主力商品，无论机械化程度多高，由人提供的服务始终是酒店的主体。人的服务在产出的同时也在被消费着。

大部分投诉都是有关服务的。服务不周到，工作人员的态度不好，料理不好吃、上菜慢、食物变质了（虽然是极少数的情况，但偶尔会发生食材受损或红酒口味变差等情况）。其次是对有关客房、宴会场、餐厅等设备的投诉。若未采取良好的应对措施，则会产生新的投诉。

酒店的三大卖点就是舒适便利（Hospitality）、私密（Privacy）以及安全性（Security）。特别是对第一点，舒适便利的判断依靠的是客人的主观感受，所以非常容易引发投诉。酒店的后勤课则是为不分昼夜随时发生的投诉善后的部门。

在酒店里聚集着各种各样的人，不分性别、年龄、国籍、人种、职业甚至宗教。而前来的目的也是多种多样的，如睡眠、休养、饮食、商务、社交、娱乐、结婚、佛事、情事、考试甚至反社会的目的（犯罪）等。在这点上，酒店和超市、警察局、剧场、医院等有特定功能的设施和场所大不一样。

何况，酒店还全天二十四小时地与人们生活的各个方面相关。这与对医院误诊或超市商品缺陷的投诉不同，涉及的方面非常广，可以说是什么都可能发生的。难怪大家都说，酒店的后勤课是只有释迦、耶稣才能胜任的岗位。

在这家酒店工作二十多年了，椎津负责过前台、预约、宴会等事务，今年则是他负责后勤课的第十五个年头。在后勤课里，椎津是资历最老的。

这些年来，椎津一直在客人面前低声下气、鞠躬道歉。若把这看作耻辱，是无法忍受后勤课的工作的。这份工作要求人能够改造自身，把受辱当成家常便饭。

椎津所负责处理的投诉责任全都不在他，他却要为他人的粗心大意而到处道歉。即使如此，后勤课还是被蔑称为"擦拭屋"，即为他人擦屁股的意思。

在后勤课干了十五年，他对这种蔑称也变得不在意了，仿佛忘却了愤怒和屈辱这般身为人类的激烈感情。

他在发火的客人面前低头弯腰，一个劲儿地道歉。即使不全是酒店方面的错，在客人情绪激动的时候也绝对不能和客人顶嘴。

在客人的投诉当中，有时也会有错在对方的情况。但若当场指出这点，反而会激怒客人。只有在不断道歉、客人稍稍恢复冷静之后，才能为了将酒店方面的失误（有时是赔偿损失）降到最低进行解释。这是从事后勤的一个秘诀。

耶稣背负着十字架，而后勤则背负着耻辱。后勤要擦拭前方排出的耻辱。

椎津大学毕业以来，二十多年都在酒店工作，他觉得酒店就是一个人类阴暗面的聚集处。

停留一夜就匆匆离去、华丽的结婚典礼、朝野名流齐聚一堂的宴会、国际会议、各类集会、单纯前来就餐……客人的目的虽然多种多样，但他们在面对酒店人员时却会卸下盔甲，变得毫无防备。在盔甲的缝隙间可以窥见他们的阴暗面，而酒店人员则要装作完全没有看到。

不看，不听，不说。虽然没有律师及医生那般法律上的保密义务，但这也是酒店从业人员的三大原则。

椎津不仅在工作上要忍受耻辱，回家之后仍然要把受辱当作家常便饭。

他的妻子晴枝很是瞧不起在工作上吃人冷饭的丈夫。她原本期待将来能够成为酒店的总经理夫人，这才和椎津结婚的，但她如今已经不对长年担任后勤课课长、只享受经理待遇的椎津抱有任何幻想了。与此同时，她对椎津的爱意也迅速冷却。

妻子蔑视丈夫的迹象很敏感地反映在孩子身上。椎津夫妇有一个二十一岁的儿子正一，如今是大学三年级的学生，还有一个十六岁的女儿铃枝，如今上高中二年级。两人也像母亲一样变得瞧不起父亲。

先是铃枝说"爸爸闻上去好臭"。

由于女儿说"爸爸泡过澡之后，热水里就有一股奇怪的味道，好恶心"，椎津连休息日也是最后一个去泡澡的。

铃枝又抗议道："爸爸，黏黏糊糊的，不要一直嚼啊。"

椎津吃了一惊。"吃饭的时候咀嚼食物不是很正常的吗？"

铃枝则说:"你咀嚼的时候会露出嘴巴里面的东西,看着会让我没有食欲。"

"你怎么突然这么说?我以前就一直是这么吃东西的啊。"

"我以前一直都忍耐着啦。我已经不想和爸爸一起吃饭了。"说着,铃枝扔下筷子起身离席。对此,身为母亲的晴枝一句话都没说。

休息日时,铃枝和正一基本都不在家,即使在家,除了吃饭的时间以外都窝在自己的房间里,不是打电脑游戏,就是和朋友煲电话粥。

现在就连家人们唯一能够聚齐的吃饭时间,铃枝都避开了,一家人就越发难以碰面了。

妻子早就以他的鼾声很吵为由睡到了另一间卧室。已经彻底丧失一家之主权威的椎津,即使想将四分五裂的家人重新团结起来,也无能为力了。

无须说,椎津自己也丧失了热情。酒店的后勤工作让他疲惫不堪,回到家中已完全没有气力处理家庭和孩子们的问题。他回家只是为了睡觉而已。

休息日时他只是尽量补充平日的睡眠不足,在电视前无所事事。看到丈夫这副模样,晴枝感到更不爽,只把他当一件大型垃圾对待。只不过就算被家人轻蔑,就算家庭已经四分五裂,椎津也没有气力去挽回了。

待在家中的椎津就像一副在酒店里被榨干后的空壳。椎津失去了作为一家之主的向心力,整个家庭早已分崩离析了。

有一天,终于发生了椎津无法忍受的事。

这天,椎津下班回家后,发现家中有一个花哨的陌生年轻女子。

这可不该是年轻女子会在他家的时间。而这名女子还一副仿佛在自己家中的样子，和正一在一起看电视。他的亲戚当中也没有这样的女子。

"那个女孩是谁？"椎津向妻子问道。

"说是正一在网上认识的网友。"

"网友？！"椎津大吃一惊，继续问道，"为什么网友在这么晚的时间还在这里？"

"她家住在关西，是过来玩的。"

"你是说关西的女网友到外地的网友家来玩？那她今晚要住在家里了？"

"那当然。都这么晚了，总不能赶人家回去吧。"

椎津愕然道："你说什么啊！怎么能让来历不明的年轻女子留宿在家里呢？对方的家长也不可能同意让女儿住在不认识的网友家里吧？"

"就算是这样，但人家都来了，能有什么法子。"

而这个年轻女子则对夫妻俩的争吵充耳不闻，和正一一道被电视画面深深吸引住了。

仔细一看，她的卷发非常夸张，像是无数条小蛇纠缠在一起。虽然浓妆让她显得有些老成，但脸孔还很稚嫩。估摸着不到二十岁吧。

若就这样让未成年的女性留宿了，之后不知道她父母会有多大的意见。

"晚饭呢？"

"已经让她吃过了。她还洗过澡了，那不是正在休息放松吗。"

"什么，还让她泡过澡了？你居然让那种来历不明的女孩去泡澡了？"

椎津不由得提高了声音。但他的声音被电视声盖过了，好像并未传到那个女孩的耳朵里。

"哪里是来历不明啊！她不是和正一邮件往来的朋友吗？"

"那不就是来历不明吗！对她的父母而言，我们也是来历不明的人家。我今晚可不会去泡澡的！"

椎津愤然道。

他实在弄不明白，让网上认识的朋友在家留宿的儿子，和理所当然接受这事的妻子，到底是怎么想的。留宿的这个人也是，一个年轻女孩，居然毫无戒备地到男网友家留宿，与其说大胆，不如说是鲁莽。

椎津始终无法信任这个女孩。说不定这个女孩有个不务正业的男伴，等深夜全家人都睡着后，她会偷偷把男伴领进来呢。

虽然到最后椎津还是不得不同意让女子在家过夜，但一想到屋檐下有一个来历不明的年轻女子，他整夜都无法合眼。

第二天早上，女子一脸若无其事地在他们家吃过早饭后，就离去了。

和女网友聊得颇为开心的正一在面对椎津时一言不发。不仅如此，他甚至还有意避开和椎津打照面。

正一去学校的时间比较晚，但有时出门时间会和椎津的上班时间重合，这时他就会把自己关在房间里，故意大声怒骂道"快点滚出去"。他好像认为父亲打扰了自己去学校的时间。椎津虽然有些生气，但在上班前也没有闲情和儿子计较。

一天晚上，铃枝夜不归宿。去问晴枝，她回答说因联谊而外宿了。

椎津责备妻子："铃枝才上高中二年级啊。你居然就这样允许十六岁的女孩夜不归宿？"

晴枝却一副不以为意的样子。"现在十六岁的人都是大人了。再说正一的网友不也来留宿过吗？现在的年轻人可比我们那时开放多了。"

"什么？难道她是在男性朋友家过夜？"椎津愕然了。

"我只是打个比方而已。我们得给铃枝一定的自由啊。"

"这算是哪门子的自由！十六岁的女高中生可不到联谊外宿的年龄。"

"难道你要把她放进保险柜锁起来吗？"

和妻子的争吵就这么不了了之。

第二天，铃枝一副睡眠不足的样子回到家。椎津说了她几句，铃枝就怒吼了句"你烦不烦人"，立马走进自己的房间不再出来。

几天后的周日，椎津为了借用英日辞典进入了铃枝的房间。铃枝说是要和朋友去看电影，一大早就出门了。

椎津几乎没怎么进过女儿的房间。他从桌上拿起英日辞典正准备出去，可随意扔在地上的书包忽然闯入了他的视野。书包敞开着，能看见里面的东西——课本、笔盒，还有钱包。

椎津想着忘了带钱包出去的女儿应该正着急吧，于是随手拿了起来，有样东西从里面掉了出来。

一看到掉落的东西，椎津顿时大吃一惊。那是一枚安全套。

以前他读过一则新闻，说是高中生有过性经历的比例男生为七成、女生为五成。他当时非常震惊，但想当然地认为自己的女儿不会这样。

高二的女生在钱包中常备安全套这个事实是他绝对无法想象的。

他将这件事告诉晴枝，妻子却嗤之以鼻。

"如今高中生随身带着安全套根本就是常识了。学校还教怎么预防艾滋病呢。"

第二天，铃枝怒气冲冲地跑来责备椎津："你凭什么趁我不在的时候，像个小偷似的进我房间翻我东西？"看来是从母亲那得知了安全套的事情。

"你怎么能说爸爸是小偷。我不过是借个英日辞典。"

"不管是英日辞典还是国语辞典，都不要进我房间！脏死了。"

听到女儿骂自己脏，椎津顿时哑口无言。女儿对女高中生不应该有的言行没有一点反省的意思，无论椎津说什么都听不进去。

没过一会儿，来了一封寄给正一的信。信封上没有写寄信人，胶水涂得很少，封口都开了。椎津颇为在意，拿出来一看，发现是小酒馆寄来索取五万日元的。

椎津都自嘲是千元丈夫，每个月的零花钱最多只有三万。他把这个拿给正一看，正一却满不在乎地说："老爸，你先帮我垫付吧，我回头打工了还给你。"

椎津质问道："你只是个学生，吃一次饭居然就花了五万三千元，成何体统！"

"你烦不烦！"

正一嚷嚷着，拿起饭桌上的苹果就砸了出去。苹果砸在饭厅照明灯的灯罩上，灯罩顿时碎了一地。

而正一还不消停，又拿起纸箱里还没喝完的牛奶摔在地上，牛奶洒了一地。

椎津无法压制住体格和膂力都已经超过自己的正一。只要情况对自己不利或是被教训，就立刻怒吼撒泼，这已经成了正一的常用手段了。可他却完全不觉得这么做很卑鄙。

他生长在条件富足的时代，食物就像水和空气一样，只要张嘴就会自动送进来，让他觉得自己生活的房子也是理所当然就拥有一样。

这个房子是椎津用一点一滴辛辛苦苦存起来的钱作为押金贷款，好不容易才建起来的。但正一对这房子却一点都不爱惜。只要一生气就踹门，随意弄坏家具和日常用品。可对椎津而言，这些并不是普通的房子和家具，是他半辈子的心血结晶，也是他人生的证明。

只因为正一是他的孩子，就可以轻轻松松地住进来，却对整个家没有丝毫爱意。每当正一蛮横胡来、损坏房子和家具时，椎津都有一种自己被伤害的感觉。

他曾经不止一次地想过，如果能像江户时代那样和他断绝父子关系就好了。

看着像恶鬼上身一般狂暴的正一，一股深深的悲惨和无力感顿时席卷而来。可能是自己的养育方式出了问题，但从社会上来看，存在这种问题的并不止正一一人。

老人们提到年轻人时总喜欢说"现在的年轻人真是……"，但横跨二十世纪和二十一世纪的年轻人，和之前老人们嘴里的"现在的年轻人"之间有着天壤之别。

无论是什么时代，老人和年轻人之间在想法、见解和生活方式方面存在隔阂是很正常的，而一般人们都默认这种隔阂存在于人生延长线上，只不过是时间造成的差距。

也就是说，抱怨年轻人的老人将年轻人的所作所为和自己年轻时的胡来视为一体，原谅了年轻人的作为，这也是"现在的年轻人"的特权。

但当下的年轻人却远远超出了迄今为止能被宽容的范围。与其说是乱用特权，不如说是社会和年轻人都退化，或者变质了。说不定是高度发达的物质文明将年轻人的精神弃之不顾，从而使其变得脆弱不堪。

年轻人丧失了原本作为年轻人共性的进取精神，在饱食社会中只有身体一味地肥大，心灵却变得越来越贫瘠。

他们无须付出任何努力就可以坐享其成，随心所欲。而面对指责他们的大人，则觉得是大人们落后于时代了而毫不放在心上。整个社会也变得保护过度，把年轻人给惯坏了。

一味指责孩子也无济于事。椎津自己也无法适应如激流般的时代变迁，若硬要他追赶上来，恐怕得像正一那样扭曲自己的精神吧。

本来只要当面交谈就可以的两个人，面对面时却说不上三言两语，反而各自待在自己的小房间里用手机或网络邮件来交流。这简直让椎津感到毛骨悚然。就像是人类变得无法使用自然的嗓音，只能依靠机械来对话一样。

椎津觉得人们过于追求便利，在逐渐变成机械奴隶的同时，也丧失了人性。

在孩子们叛逆不羁的同时，晴枝也变得古怪起来。

结婚已经二十二年了，晴枝也四十四岁了，但她打扮得很年轻，看上去也就不到四十岁的样子，根本让人想不到她有孩子在上大学三年级和高中二年级。

在大学时代，椎津和晴枝都加入了乡土史研究会，并以此为契机亲密起来，在毕业时就结了婚。在校期间，晴枝曾被选为校花，是全校憧憬的女神级人物，成功获得美人芳心的椎津更是集男生们的羡慕于一身。

上学期间，晴枝曾经到全国各地去旅游、收集乡土史。当时他们还对未来抱有七彩般的幻想，但结婚不久后就生下正一，她便整天忙于育子，椎津也因为酒店不规律的工作减少了在家的时间。学生时代曾经描绘着同样的美好未来的夫妇俩的心渐行渐远。

结婚后，丈夫将重心放在工作上，妻子将重心放在照顾孩子上，这样的分歧世间并不罕见。这也可以说是在结婚这种一揽子合同下的一种分工。

分工和分离是两码事，但椎津夫妇之间却渐渐分离了。而他们两人都没有注意到这个事实。分工和分离的区别颇为暧昧，原本只是打算分工，却在不知不觉间偏向了分离的道路。

等回过神来时，两人的分离已经无法挽回了。两人间拉开的距离引出了妻子对椎津工作的轻蔑。

晴枝说："别人问我你在酒店是做什么工作的，我都不好意思说你是做后勤的。"

椎津反问道："为什么不好意思说？"

"这还用问？给别人犯的错擦屁股，一点都不体面嘛。"

"酒店里总会发生纠纷，处理投诉可是酒店里非常重要的工作。"

"就算很重要，但我还是不希望你做这种工作。"

"这可是我的工作。"

"又不是我的工作。我希望你能做一份让家人引以为傲的工作。"

"你是说我的工作让你们觉得丢脸？"

"给人善后什么的，哪里让人自豪了？"

"这世上可不只有那种在舞台上大显身手、光彩夺目的人。那种人才是少数，更多的是在背后支持主角的幕后人员。正因为这些幕后人员默默地付出，才能衬托出主角啊。我一点都不觉得自己的工作有什么可丢人的。"

他接着还想说，觉得这份工作丢人的妻子才让自己觉得丢人呢，但话到嘴边又吞了回去。就算这么说，想必妻子也不会明白的吧。

过去曾是校花的晴枝一直摆脱不了那时的感觉，还总是有种校花意识。

"那只不过是场面话罢了。你自己不也常说把受辱当作家常便饭才干得了后勤吗？"

"Guest is always right. 后勤不能和客人站在对等的立场上。说要把受辱当作家常便饭是指思想准备，并不是说觉得工作是耻辱。"

"你根本就是在狡辩。我才不想受辱，也不想你受辱。"

椎津当然清楚，后勤绝不是酒店里的名角。但是在组织当中工作的人，很多时候并不是根据本人的能力和努力，而是在组织力学的操控下被安排的。

即使是春风得意的人，也有可能突然遭遇风向改变。就算是在众人羡慕的部门威风不已，也可能顷刻之间跌入深渊。

在人受挫之时给予支持和鼓励的应该是家人。但晴枝却放弃了作为妻子最重要的责任，蔑视丈夫的工作，还以此为丈夫之耻。可见晴枝价值观的基准就是虚荣。

所谓虚荣，是不去面对自己，总是在意他人目光、为了他人来粉饰自己的一种生活方式。总是拿自己的生活去和别人的攀比，就会变得没完没了。

这和国家之间的军备扩张颇为相似，不管自己有多么好的东西，只要出现一个人拥有比自己更好的东西，那么自己的东西就顿时丧失了价值。

虽然全校的男生都非常羡慕获得校花芳心的椎津，但现在想来，当时的他可能只是被漂亮的包装纸迷住了双眼，结果买下了一生的坏收成吧。

晴枝虽然是这种徒有其表的女人，却怀着强烈的"屈尊下嫁"给椎津的意识。

可是也不能单方面地指责晴枝爱慕虚荣。女人本身就具有这种倾向，满足女人的虚荣心也是娶了漂亮女人的男人的担当。

女人就算空有其表，但只要外表美丽就具有价值。是晴枝弄错了结婚对象。

在和妻子这么争论时，椎津逐渐感到空虚。他和妻子的价值观截然不同。他之前还以为夫妻应该是一心同体的，但说白了只不过是自己一厢情愿罢了。虽然有在共同生活的时候，不仅连想法甚至连面容都变得相似起来的幸福夫妻，但椎津领悟到，即使和晴枝共同生活上百年，他们俩也不可能互相理解。

但椎津却没有想过要离婚，晴枝也不提出这点。他们都没有气力去离婚。他们虽然互相感到失望和幻灭，但迄今为止的生活还是有一定的分量，也可以说是惰性吧。夫妻俩就着这股惰性维持着这种生活。

　　世间大多数夫妇都是这样。即使在结婚仪式上、在神佛面前许下永远的爱的誓言，但爱的种类却是不一样的。司仪的牧师或是神主们虽然一副郑重其事的表情，却丝毫不提及爱的种类问题。

　　夫妻生活可以分为四个阶段。第一阶段是新婚期，此时孩子尚未出生，只有夫妻二人。这个阶段的爱是异性爱，把对异性的好奇心当作爱。只不过若是婚前相处时间过长的话，在第一阶段，这种异性爱就已经很淡了。

　　孩子出生后会进入第二阶段。在这一时期，夫妻的重心会分别转向工作、孩子。

　　第三阶段是孩子们独立出去，婚姻又回到只有夫妻二人的时期。此时丈夫通常已经退休了，但妻子的重心早已不在丈夫身上，退休后离婚的夫妻也逐年增多。

　　无论曾经发下多么坚定的誓言，只要不是一同殉情，夫妇是不可能一起死去的。

　　第四阶段就是配偶先去世，只留下自己一人怀抱追忆生活的时期。当然也有不少人马上再婚，迅速舍弃了追忆。

　　据说越是感情好的夫妇，在其中一方去世后马上再婚的情况就越常见。

　　第一阶段的异性爱，到了第二阶段会变为二人三脚意识(parternership)，到第三阶段时要么转变为亲人之间的爱，要么再次变为外人的关系。

　　在结婚的时候，新郎新娘都没有注意到向神佛起誓的爱的种类是不同的，这便是夫妇之间悲剧的起源。生活在一起的夫妇会逐渐发现爱的种类及其变化，但若没有发觉这种变化，反而一直抓住永恒之爱的幻想不肯放手的话，就会对对方感到幻灭。

椎津夫妇早在第二阶段就对对方幻灭了。

夫妇真是种不可思议的人际关系。一般认为维持两人关系的基础是爱，但世上更多的却是没有爱，或是爱已变质的夫妇。他们认为是爱的东西，其实根本就不是爱。

如果夫妇之间没有爱情，只有对对方的幻灭，就着惰性像陌生男女在同一屋檐下过日子，那么对他们而言重要的不是爱，而是不去改变现状。无论好坏，总之就是觉得改变现状很麻烦，并误认为这是一种不起眼的幸福。

但椎津夫妇之间却连这种错觉都不存在。两人只是在一个屋檐下同居，早已放弃了作为夫妇的生活。椎津时而会觉得自己娶了这个女人当妻子，还让她生了两个孩子这件事情很是奇怪。

如果只是想让人给自己生孩子，并没有结婚的必要。无论有没有婚姻关系，就算是采取非法手段（比如强奸等）让人生下孩子，孩子就是孩子的事实是不会受到影响的。

父母之间的爱对孩子而言可能是可贵的，但即使没有爱也能养育孩子。没有爱，甚至是互相厌恶的父母也可能培养出优秀的孩子。

仔细一想，其实椎津并不需要非和晴枝结婚不可，晴枝肯定也是这么认为的，但两人却并不清算夫妻关系。就在椎津投身酒店的后勤工作时，他个人的后勤（家庭）却渐渐变得无人打理了。

椎津有几个自大学时代起的女性朋友，都是与晴枝同一社团的伙伴或是同班同学。她们也都结婚成家，相夫教子。当孩子们的事情不需要太操心之后，她们便时常相约一起喝个酒唱个歌，享受生活。可以说，椎津和她们相处起来比与晴枝相处快活多了。

椎津想，这可能是因为他与她们没有性关系吧。男女之间若有了性关系，并熟稔起来，便会变得矛盾重重、互相伤害。若没有性关系，见面时就像回到了青春时代，心情多少会有些愉快。这种心情是同性朋友之间体会不到的。

这么想来，夫妇正是由于这种排他性且持续性的性关系才会彼此伤害的吧。

即使不是夫妇，在这种性关系下并不会产生祥和美满的爱情，也不会产生对对方的怜恤之情。

椎津没有嫉妒的情感。嫉妒这种情感是在多少还关心着对方的情况下才会发生的。若拥有性关系的男女之间能顺利从这种感情"毕业"的话，就能发展成风平浪静的大海般的爱情。

但椎津夫妻未能顺利毕业。在离毕业尚且遥遥无期的阶段就幻灭了的夫妇关系，就如同系着破船的废弃港口。港口里像充满了地沟油一般黏糊，拴在岸边的破船不会再度出航，也不会有新的船只入港。港口早就失去了功能，只是保留着形式。

晴枝之所以对椎津幻灭了却仍然不分手，可能是废弃的船已经懒得出港了，或者是已经丧失了出港的能力。总之，可以说椎津夫妇之间连生活的惰性都没有。

但椎津却低估了妻子的能力。晴枝最近外出越发频繁，他有事往家里打电话也总是没人接。晴枝加入了俳句团体、舞蹈爱好会、圣书研究会等各种活动团体，虽说是为了打发时间，但确实很少待在家中。

而且椎津工作完后疲倦地回到家中时，也经常发现晴枝还没有回家。即使是晴枝丧失了妻子的技能，椎津也不愿回到没人等着自己的空荡荡的家中。

虽然有两个孩子，但情形却和没有孩子差不多。他们通常靠肯德基或是便利店便当迅速解决晚饭，然后就一直待在自己的房间里，就算椎津回家了也不出来。

比椎津还晚回家的晴枝身上时而会有酒气。有次晴枝说去参加圣书研究会了，椎津不无讽刺地说"圣书研究会上还喝酒吗"，结果她却面不改色地答道："在最后的晚餐上，耶稣拿起面包分给弟子们，说'你们拿着吃，这代表我的身体，将为世人牺牲'，然后又分给他们装满葡萄酒的杯子，说'你们都喝这个，代表我的血，世人都犯了罪，神要用我的血为多人流出来，洗净世人的罪'。这你都不知道？"

还有一天夜里，椎津从深夜回来的晴枝身上闻到了香皂的气味，应该是回家前洗过澡。椎津此时清楚地认识到妻子有了外遇。

而一直对妻子毫不在意的椎津，在发现了妻子外遇这件事之后，发生了始料未及的变化。

原本以为只要爱情冷却了，不论妻子有外遇还是离家出走，自己都不会介意。但在得知有男人和自己的妻子偷腥后，椎津十分愤怒。

而当椎津明白这是嫉妒之后，也对自己感到了愤怒。本来他以为自己对妻子毫无关心也没有依恋，即使有人跟妻子搞外遇也不会在意，看来并非如此。

虽然对晴枝已无依恋和关心，但毕竟还是他的妻子。妻子有外遇的男人在社会上会被鄙视。椎津感到身为男性的尊严受到了伤害。

做后勤时的耻辱是来自工作性质，所以算不上耻辱，但妻子跟其他男人偷腥则是他个人的问题。

在这种情况下,椎津应该采取的方法有三种。

其一,继续装作不知情。

其二,离婚。

其三,找出外遇对象,要求对方支付赔偿金。

第一点他做不到,第二点不是不可以考虑,但在目前这种情况下离婚的话,外遇就算不上外遇,反而会让他们的行为正当化。也就是说,如果此时离婚的话,只会便宜对方。

虽然椎津并不想要钱,但还是想弄清楚和妻子偷腥的男人是谁。那么结论自然就是第三种。

话虽这么说,椎津可学不来私人侦探那样,也觉得雇私人侦探去打探妻子的行动有些卑劣。虽然和妻子偷腥的男人也很卑劣,但从妻子的行动去进行确认的行为也让他不齿。总之,这件事情会让自己变得很卑劣。

在工作上受尽耻辱的椎津,不想在私人问题上受到更多侮辱。所以,他本来都打算放任他们俩偷情,自己咬碎牙齿往肚里吞了。妻子有外遇的丈夫虽然是个蠢货,但至少还不卑鄙,椎津已经不想再在耻辱上加上一层卑鄙了。

就这样,与家人背离、被妻子背叛的椎津失去了在家中的地位。

假日里的一天,椎津为了打发时间来到附近的公园,偶然结识了一位老人。老人年近八旬,皮肤暗淡灰黄,面容沧桑,布满了沟壑般的皱纹,几乎看不出表情。

老人每天都来到公园角落里的板凳上,一坐就是一整天。他总是上午九点左右出现，到了中午就掏出自带的两个饭团，就着水壶里的茶吃了就算午饭，等天色暗下来就不知道回到哪儿去了。除了天气特别不好的日子，老人的身影仿佛是公园的一部分一般，一定都能在板凳的固定位置上看到。

老人并不给野猫或是鸟儿们喂食，只是一动不动地蜷缩在板凳上。一开始椎津还以为他是流浪汉，但他的装束并不落魄，虽然脸和手都被晒得挺厉害，但毕竟还是很干净的，而且好像也有固定居所。

每当椎津在假日里看到老人的身影时，他都越发在意那位老人。他什么都不做，也不和任何人交谈，只是像静待死亡降临那一刻般蜷缩在板凳上，具有一种不可思议的存在感。

椎津越来越在意这位老人，不知不觉开始和他说上几句话。当然，是椎津先开口的。

起初只是单纯的有关天气的寒暄，后来有一句没一句地交谈起来。老人像是节约词语般只给出最低限度的回应。即使如此，老人的表达还是很准确的。

就在两人交谈了一阵子之后，椎津发现这位老人绝不寻常。他惊讶于老人基于大量经验的丰富知识、宽广的视野和敏锐的洞察力，想必老人以前是某个领域中大名鼎鼎的人物。

但这位老人不说普通老人经常会说的怀旧话或是夸口之辞，反而像是完全与过去决断了一般，无论椎津怎么套话，他都对前半生只字不提。

老人虽然对自己的事情只字不提，但非常善于倾听。他热诚地倾听椎津的话语，并且偶尔做出准确的表述。只要是和老人交谈，椎津总会忍不住把自己的所有烦恼都倾诉出来。向老人倾诉让他感到自己获得了一丝救赎。

老人自称笹野。

笹野老人说:"你要暂且先把一切都放下。"

"放下一切?"

"是的。人活着就会背负不少包袱。人在出生时孑然一身,却在活着时背上各种各样的包袱。首先男人和女人相遇,建立起巢穴、繁殖后代,然后会贪恋金钱、地位和名誉。为了不失去已经背上的包袱,人会背上更多的包袱。义务和责任也会随着包袱增加。但不管身上的包袱有多重,人都不想失去已经拥有的东西,所以最后都会被包袱给压扁。"

"我并没有背着什么足以压扁自己的了不起的包袱。"

"那只是你本人这么想而已。其实每个人都背负着自己的包袱。你看你现在不是有妻子、房子还有工作吗?这些东西就扛在你的肩膀上。你得把这些东西全部舍弃,回到刚出生时食不过三餐、睡不过一床的一身轻状态。"

"就是要成为流浪汉那样的?"

"流浪汉也背着不少东西呢,像是纸箱子和生活用品什么的。还有很多人一直放不下以前的事情。你要把这些东西全部放下。怎么样,能做到吗?"

笹野老人看着椎津,一副你肯定做不到的表情。

放下自己所拥有的东西。真的有人能做到这一点吗?

人从出生起就开始为了得到金钱、物品、地位、名誉和异性等而努力,为了不失去已经得到的东西,就会更加努力。虽然包袱也有大小之分，但支撑起所得之物的重量就是所谓人生。要让人放弃所有这些东西，等于是让人放弃做人。

但是看着笹野老人的生活方式，就可以感觉到他应该是真的把得到的东西都舍弃了。但他是如何舍弃伴随着年龄和地位增长而日益加重的工作与责任的呢？

椎津这么问，笹野老人轻笑了一下。

"你要是还记挂着这些的话，到死都放不下包袱咯。别担心。人并没有像自己想象的那样背很重的东西。即使本人自己觉得很重，只要放下来就会有其他人来帮忙背起来。与其这样说，不如说是一直有人在等别人把包袱给放下。就算自己认为有的包袱非自己背不行，但还是会有其他人来替你背起来，说不定别人能比你背得更好。"

漠然地说着这些话时，笹野老人的表情真的像是大彻大悟了一般。

虽然笹野老人的话让椎津颇为震撼，但他当然无法轻易就把背负的东西舍弃。椎津没有舍弃全部像笹野一样终日在公园的板凳上度日的勇气。他可能终究还是无法舍弃家人、房子和工作，像笹野那般每天只是等死而已。

"不管别人怎么说，这是我自己的人生。但在背负起各种包袱之后，逐渐变得不像是自己的人生了，反倒像是为了背负起的东西而活着。背负的东西越多，离自己的人生越远。我在某一天突然注意到了这个事实，于是决定舍弃所有的东西。当然最初我也有所抵触，绝大多数人都会输给这种情绪，很多次我也几乎要输了。但最终我还是觉得不愿意再过为了包袱而活的人生、为了别人干活的人生，才总算放下了一切，如今是浑身轻松。"

这是笹野老人第一次向椎津诉说有关过去的事情。

椎津问道："那你觉得你现在是孑然一身，只为了自己而活的吗？"

若说没有目的地，只是在公园的板凳上等死般的日子是为自己而活的话，这样的人生实在是太寂寞、太冷清了。

"我这已经算不上是活着了。所谓活着，是一定在做着什么事情啊，而我现在却什么都没有做。但我确实没有再背负着包袱，也没有再为了别人干活。所谓自由，是可以做任何事情的自由，同时也是可以不做任何事情的自由。什么都不做的自由比起为了背负的包袱而活着的日子要有意思多了。"

说着，笹野老人达观地笑了。

椎津不禁问道："那么老人家，家人也算是包袱吗？"

"对一个人来说，最大的包袱就是家人。恋爱、结婚、筑巢是背上包袱的开端。但人年轻时总是不愿一个人，那太寂寞了。有很多人因为冬天很冷就选择结婚。但即使结婚后有了孩子，人死的时候还是一个人。在领悟到这一点之前，大家都会一直背着包袱。"

但椎津是在放下家人这个包袱之前就已经众叛亲离了，他的家庭已经形同空壳。可即使这个包袱已经支离破碎，他还是在背负着。不如说，正因为已经支离破碎了，才让他觉得分外沉重。

包袱这种东西，在包装捆绑好时背着才显得轻快方便。而椎津的家庭却像是在一个非常大的袋子里胡乱塞入的一堆杂七杂八的物品。可即使是这样的包袱，椎津还是没有勇气舍弃。

笹野说："持有东西是一种耻辱，但是人在活着的时候总是会持有越来越多的东西，会变得不在这些东西当中就活不下去。结果东西成了主体，人反而成了东西的从属。这样的活法只是千篇一律的，耻上加耻罢了。虽然后知后觉地醒悟过来再去整理东西，但如今我就这么在公园的板凳上度日。"

自从两人开始交谈以来，笹野老人逐渐打破了与椎津之间的隔阂，话也变得多了起来，只不过还是对他的前半生闭口不谈。椎津也不刻意打探。

但他的前半生所得到的可谓是活着的证据，而他居然说全部舍弃了，还真是不同寻常。

就在椎津和笹野老人认识不久之后，野崎幸通辞职了。野崎和椎津同一时期进入公司，是中年骨干，并不是裁员的对象。椎津对他突如其来的辞职感到非常惊讶，便去询问原因，谁知野崎毫不客气地说："这个公司没有前途的，领导层的人都太腐败了。"

"怎么了？"

野崎说："他们为了明哲保身，一直在营业额上动手脚，给自己相当大的分红数目，还弄了空壳小公司用于贿赂政治家。社长以及下面的财务董事、会计部长等都在这非法勾当中插了一脚。我发现他们动手脚的事情并提醒了部长，结果调令就下来了，要把我踢到富良野的牧场去。我现在可没法去北海道那边干牧场的活儿，总之就是想逼我辞职吧。"

突然把迄今为止都一心一意在会计职位上工作的人左迁到下属公司的牧场去，确实相当于让人家辞职。这很明显是对指出数额手脚的野崎的惩罚性人事调动。

"如果领导层真的在进行非法活动，你为什么不在公司内揭发？"

"对方可包括公认的会计师，手脚动得十分巧妙，就连我也是到最近才发现有另外一个账本，上面的会计事务也只有部长和少数几个人知道。就算揭发了也扳不倒他们的，再说了，就算有几成胜算，我也不打算内部揭发。"

"为什么？"

"会内部揭发的人，多少对公司还残留着情义，但我已经完全没有这种心情了。这种公司最后变成什么样子我都无所谓了。"

在会计之路上走过来的野崎好不容易发现的这种非法活动，想必一直都进行得非常巧妙。

酒店的账目课负责营业收入，和为结算制作各种财务表格的会计部构成财务管理的两大支柱。

在负责营业收入的账目课里是无法掌握公司整体的资金流向的。另外，为了自身利益而进行非法会计事务的领导层可能也下意识地将账目和会计切开了。正因为是野崎这么厉害的会计，才能发现领导层沆瀣一气的行为吧。

但野崎未能如愿辞职。他本人虽表示了辞职的意愿，却在辞职手续办理前就死了。

据说野崎是在涩谷站的站台上等车时，从站台摔了下去，正好撞上进站的电车死亡。警方推测他在乘车前喝过酒，因醉酒才从站台摔下去的。

事故发生时刻刚好是傍晚的高峰期，站台人员混杂。野崎内脏破裂，当场死亡。他没有同伴，是独自一人回家途中遭遇飞来横祸的。

听到野崎的讣告时，椎津顿时感到一股不祥的疑惑。野崎虽然会喝酒，但绝不会喝到自己意识都不清楚的状态。一瞬间，椎津认为野崎是被杀人灭口了。

他怀疑领导层的人觉得野崎是个威胁，因此将之伪装成站台跌落事故，实际上是把野崎的嘴巴永远堵上了。可能是为了自身利益在经营数额上动手脚的领导层，在被野崎识破后原本打算将他派到偏远地区去，谁知野崎自己表示要辞职，害怕消息外泄的领导层只好把他杀了。

但那些人真的会做到这一步吗？其实也并非完全不可能。他们为了私欲将公司私有化，欺骗众多的股东。股票上市的话，公司就是社会的共有财产，而领导层为了将其私有化可以说是不择手段。

椎津想起了笹野老人曾经说过的话。

"为了不失去已经背上的包袱，人会背上更多的包袱。"

他们为了维持已经到手的权力，说不定确实会这样不择手段。

可是没有证据。单凭椎津的推测，警察是不会有所行动的。警察认定野崎的死亡是意外，连遗体都没有进行解剖。

椎津出席了野崎的葬礼，而公司只是送去了花圈，没有一位干部出席。同期进入公司的几个同事去上了香，参与葬礼的人寥寥无几，整个葬礼显得非常冷清。

在归途中，同期进入公司的浅川压低声音对椎津说："听说野崎是自杀呢。"

"自杀？有遗书吗？"椎津不解地反问道。

"遗书倒是没有。到我们这种年纪的人很少会留遗书。据说是因为烦恼被降职调任到北海道牧场那边才痛苦得自杀的。"

"这是从哪里传出来的？"

"应该是会计部的人聊天时说到的。"

"会计部的人也真是的。野崎怎么可能自杀,他是被公司杀死的。"

"就是啊,这根本就算是公司杀的呢。这样对待人家也太过分了。"

看来浅川是错误理解了椎津的意思。

但椎津并没有刻意去订正,若他不小心说漏了嘴,可能会变成第二个野崎。

野崎对公司已经全然没有爱了,公司会变成什么样他也完全不感兴趣,可以说,野崎对公司来说根本不是个威胁。而若疑神疑鬼的公司真杀了他的话,那么,对今后出现的可能形成威胁的人大概也会产生杀意吧。

椎津虽然也是公司里的一员,但对经营毫不关心。对吃了一辈子冷饭的他而言,公司的经营和他毫无关系,这根本就是有无爱社精神之前的问题。

浅川虽说野崎就像是被公司杀死的一样,但椎津自身早已被公司养到自然死亡似的状态了。他和野崎之间的区别只是一个人被电车撞死,一个人被关在公司的牢笼里消磨掉了精神。

"我们对公司而言到底算什么?"同期入社的栗原也加入了谈话。

"对公司而言算什么?这是什么意思?"

"野崎和我们是同期进入公司的,一直做会计,在会计业务水平上没有人能比得上他,作为骨干力量他一直支撑着公司。但现在野崎死了,公司却完全不为所动。对我们也是如此。就算我们死了,公司还是会一如既往地继续经营下去吧。"栗原如此说。

"那是自然的,必须得这样。就算会长或是社长死了、退职了,公司还是会继续下去。这就是组织。"一旁的腰中一副理所当然的语气。

"话虽然是这么说，但一想到就算我死了公司也完全不痛不痒，就感觉很空虚。前几天酒店里不是举行了公司的OB[①]会吗？据说会来很多以前的熟人。本来我也受到邀请，作为在职人员参加的，结果被公司从旁干扰了。"明明周围没有外人，栗原却刻意压低了声音。

椎津问："为什么呢？"

"说是OB会里出现在职人员不合适。"

腰中说："原来如此。但OB们怀念母公司而来聚会的话，在职人员过去打招呼难道不是理所应当的礼节吗？"

"你也这么想对吧。但公司方面却不这么想，还说擅自使用公司的名字开什么OB会很不像话。"

"公司的OB们使用公司的名字不是很正常吗？"

"他们好像认为退社的人就已经和公司完全没有关系了。公司的基础是我们打下的——OB们这种气势好像让公司方面很不高兴。"

"是这样啊。OB里也有现在的领导层以前的上司和能让他们抬不起头来的人，看来他们是不愿看OB们摆出前辈的样子吧。"

"我们大家总有一天会成为OB的。比起公司创立以来在册的OB人数，我们现在在职的人数只不过是很小的一撮而已。就算社长死了或是辞职了，公司还会继续下去，按照这个逻辑的话，现在的领导层就是从OB手中接过接力棒奔跑着的接力赛选手。"

"就算是接力赛选手，现在握着接力棒的人还是很厉害。OB会

---

①指原来在某个组织里，后来退休或离开了的人员。

那边好像要按照公司方面的意向改名呢。"

"如果从OB会中去掉公司名称的话，出席者会减少很多啊。大家应该都是对社名有所留恋才来参加聚会的。"

"可能吧，但他们还是无法反抗现任领导层的意见。将接力棒交给现任领导层的前任们几乎都去世了，现在没剩几个发言有分量的OB了。"

"在职时为了公司像工蜂一样拼命工作，离开后还不被允许使用社名，OB们还真是凄凉啊。"

"工薪一族就是这般凄凉吧，是宿命啊。"

"注定凄凉的宿命吗……在野崎死之前，我都没怎么考虑过这方面的事情呢。"

同期的四个人不由得再次面面相觑。

但是中年员工是公司的核心战斗力，这也意味着他们是最容易被消耗的。可以说，他们是在明白这层意思之后还选择加入到接力赛之中的。

当天晚上，晴枝彻夜未归。虽然之前也有过外宿的情况，但她一般都会找个理由、提前打好招呼。但这天晚上她却没有提前说明，也没有联系家里。

夫妇间的感情虽然彻底冷却了，但破坏生活习惯、无故外宿的妻子的行为，还是让椎津不由得产生了不祥的预感。

椎津对妻子的交友关系毫无头绪，因此也无从询问。再说，搞不好会被认为是别有用心的窥探，反而会让他不爽。椎津怀抱着些许不安，第二天依旧去上班了。

这天酒店里接连不断地发生各种状况。先是头天晚上入住的男性客人没有回应早晨的呼叫服务，客房负责人去查看状况，发现客人在床上失去了知觉。应该是睡眠时脑梗塞发作造成的。

之后是美国游客遗失了一件行李，结果是混在其他旅行团的行李之中了，好不容易赶在旅行团出发前把行李收回来了。

原本应该在酒店内的小教堂主持结婚典礼的牧师被卷入交通事故，酒店方面只好临时安排了代理牧师救场。

这一天恰好是大吉的日子，酒店内很多地方都可见新娘们的身影，刚好有新郎新娘两家都分别同姓的两场结婚典礼在时间上几乎重合，甚至发生了出席客人将礼金交给同姓异家的错误。

新郎新娘两家都同姓的例子偶尔会出现，但两家同姓的新郎和同姓的新娘在同一家酒店举行仪式的例子实在是非常罕见。再加上出席的客人和接待人员是首次见面，双方都没有感到什么不对劲，一方拿出礼金，一方就收下了。当然这种情况下是不会有发票的。好在仪式开始后其中一位客人注意到了，重新确认了两家的喜钱，才使得事情没有变得不可收拾。

若没有注意到这个错误，婚礼就这么结束了的话，一定会出现难以收拾的混乱局面。

进入下午的繁忙时间段时，发生了两次搞错房间的错误。为了应对这些事务，椎津连凳子都坐不热，四处奔走。

午饭都没时间吃的椎津忽然又被酒店内的广播紧急呼叫了。伪装成客人名字的暗号指的是紧急时候的业务联络。直到这时椎津才发现，自己的手机已经没电了。他连忙与后勤课办公室取得联系，课员说："课长，我已经紧急呼叫好几次了呢。请你马上和新宿警署的牛尾刑警联系。"

"新宿警署的牛尾？我想不到是什么事情，他说是什么事了吗？"

"不清楚。他已经打来三次电话了，应该是很紧急的事情。"

椎津马上打电话过去，报上姓名后，对方却报了他妻子的名字进行确认："你是椎津晴枝的丈夫吗？"

"是的。"

椎津对新宿警署的警察知道妻子的名字感到很奇怪。

"请马上到这边来。事发突然，想必会让你很震惊。你妻子已经死亡，麻烦你过来确认一下遗体。"

"妻子死了……"椎津一时间怀疑起自己的耳朵来，"是发生了交通事故吗？"

"具体的情况等你到这边来了再向你说明。"对方简短地说完就挂了电话。

椎津赶到牛尾刑警告诉他的新宿区内的医院，见到了已经往生的妻子。

妻子的遗体被安放在太平间，看上去仿佛还活着，好像唤她一声她就能坐起来一般。牛尾在太平间里等着椎津，旁边还站着像是他同事的一个独臂男子。

简短打过招呼后，牛尾说："事情实在是很突然，你肯定受到了很大打击，但还是请你确认一下这是不是你妻子的遗体吧。"

"这确实是我妻子。我妻子是怎么死的？在哪儿死的？前天她还好好的。"

"今天下午一点左右，你妻子被发现在新宿布莱顿酒店的地下停车场，是在她自己的车中去世的。不巧周围刚好没有其他车辆，所以才发现得迟了。你妻子有心脏病吗？"

晴枝驾驶的是 N 社的小汽车。警方应该是从驾驶证和车检证上找到信息，联络到自己的吧。

"这么说来，她最近好像时常抱怨胸口会疼，说是肋间神经痛。"

"你妻子是在上车后突然心脏病发作的。不巧的是四周刚好没有人，才没有得到及时救援。"

"我妻子去了那家酒店的哪儿呢？"

"这个我们也不清楚。车内有停车券，是进入停车场时领取的，上面打印的时刻是五月二日十六点三十二分。也就是说，你妻子昨晚十六点三十二分以后，在酒店登记完又回到自己的车上，突然心脏病发作死去的。"牛尾的语气没有丝毫起伏。

"有我妻子在酒店留宿的记录吗？"

"酒店昨晚的留宿记录上并没有你妻子的名字。可以推测是用的其他名字留宿的，或是用同伴的名字订下的房间。"

椎津认定，那个同伴一定是晴枝的出轨对象。

晴枝应该是在和出轨对象度过了秘密的愉悦时间后，回到自己车上时不幸疾病发作的吧。

但椎津却故意问了和自己的推测完全相反的问题："就算遗体是在酒店的停车场内发现的，也不能说她就一定去过酒店吧？"

"也有这种可能性，但在酒店的停车场停车近二十个小时，还是在酒店留宿或休息的可能性更高。椎津先生对你妻子昨晚留宿酒店的可能性有没有想到什么线索呢？"牛尾问道。

"完全没有头绪。昨晚她没有回家，也没提前联络，确实让我很担心，但做梦也没有想到会出现这样的事。"

"很难想象妻子会不和丈夫打招呼就一个人留宿酒店。你能否想到你妻子生前关系亲密的男性？"

"我有些许察觉，我妻子在外面可能有男人了。但我对妻子的交友关系完全不清楚。"

"目前看来，你妻子的死因没有事件因素，就算你妻子有同伴，恐怕也不知道你妻子已经去世了吧。你一定很伤心。"

牛尾的语气有了微妙的变化，这句话暗示了晴枝之死和被妻子劈腿的椎津这两层含义。

椎津怒不可遏。晴枝的外遇对象在和她度过秘密的愉悦时间之后，恐怕是分别离开房间的吧。他与别人的妻子偷情，然后一副佯作不知的样子，现在应该正在工作吧，又或者是和家人在一起。

无论如何，现在那个男人的意识里完全没有晴枝吧。

婚外恋虽然会被谴责是不道德的，但却不是犯罪。婚外恋后，就算分开的一方死了，另一方也没有任何责任。就算婚外恋行为构成了死亡的诱因，但不是在婚外恋行为之中，而是分开后发生死亡的话，也很难证明其间的因果关系。

牛尾之所以会说没有事件因素，也是出于这层考虑。

椎津尽量压抑自己的情绪说："总之，如果酒店的留宿客人当中有我妻子同伴的话，我还是希望能找出来。"

牛尾有些不解。"就算警方确认了你妻子的同伴，也没有什么实际作用。你妻子毕竟不是在房间内去世的。"

找出非事件性死亡的死者生前的外遇对象，这并不是警察的工作。

椎津认领了晴枝的遗体。

原以为无论晴枝是生是死自己都不在意，但她在偷情后死亡，使得椎津对她的外遇对象产生了强烈的怒意。

被警察认定没有他杀嫌疑的晴枝的死不会得到报道，如此一来她的外遇对象在一段时间内应该都不会知道她的死讯吧。

和椎津妻子偷腥的男人可以像以往一样持续自己平稳安定的日常生活，与此相对，晴枝的人生却突然画上了句号。这股无处可泄的郁愤盘踞在椎津的内心深处。

面对母亲的突然死亡，正一和铃枝都显得手足无措。原本四分五裂的家庭由于妻子、母亲的死亡总算有了种暂且团结起来的感觉。

首先，他们得操办葬礼。他们不能说晴枝是婚外恋后的急性死亡，只好对周围人说是急性心力衰竭造成的。

椎津在医院的太平间确认妻子的遗体时感觉有些不太对劲。当时由于突如其来的讣告，他有些惊慌失措，所以才没有弄清楚哪里不对劲。

将遗体领回家后，他再次认真面对已经无法言语的妻子。

妻子生前洗过澡，遗体还是很洁净的。验尸官姑且还是过目了遗体，表示没有发现异常痕迹。性交时若使用安全套的话，男方的痕迹是不会残留在体内的。

椎津只对正一和铃枝说他们的母亲是外出时突发疾病去世的，但两人好像稍稍察觉到了母亲真正的死因。

椎津又仔仔细细地观察起妻子的遗体，忽然视线停在了她手腕上戴的手表上。这块手表是椎津唯一一次因公出差时在欧洲给妻子买的礼物，瑞士产的。妻子很喜欢这块手表，即使在夫妻关系冷却后也一直戴在手上。

"戴在左手腕上。"

椎津不禁倒吸一口冷气。虽说手表一般是戴在左手上，但晴枝是左撇子，所以都是戴在右手上的。手表的位置左右弄反了。

能够考虑到的可能性就是验尸官在检查后将手表的位置弄反了。但是验尸官会犯这种错误吗？

如果验尸官没有出错的话，那就是有其他人给她戴的手表，而这个人最有可能就是她的外遇对象。

但手表这种东西并不需要别人帮忙戴上。

陷入思考的椎津凝视着虚空，心中逐渐出现一个成形的想法。

外遇对象会把手表戴到晴枝手腕上的情况只有一种——那就是晴枝无法自己戴上手表了。

但晴枝是在地下停车场的车子上被发现死亡的。难道是她从酒店房间走到自己的车里，还不得不让对方帮自己戴上手表吗？

假设是这样的话，手表也应该是已经戴在手腕上了。

（晴枝不是自己走到车子这边来的。）

椎津抓住这个一闪而过的想法仔细思索。若是这样的话，就从根本上颠覆了晴枝的死亡状况。

晴枝不是在车中死的，而是在酒店房间死的。晴枝是在偷情的过程中突发心脏病暴毙的，对方则慌了手脚。

两人的关系必须是完全隐秘的。如果告诉警察的话，他们俩的关系就会暴露。对方肯定是有一定的地位、家庭和名声的，因此若和晴枝的关系暴露的话，就会失去自己拥有的那些东西。

走投无路、黔驴技穷的男人只好想到将晴枝的遗体从房间移动到停车场的车上。如果是死在车中的话，至少不会和他扯上关系。

对这男人而言，最危险的事就是移动遗体吧。他给遗体穿上衣服，静待深夜来临。等到酒店最静谧无人的时间段再将遗体转移到地下停车场。如果有人也来坐上电梯的话，他可能会装作是在照顾喝醉酒的女性。

深夜的停车场也没有人和车进出。如此这般，那男人就没有受到任何一个人的质问，成功地转移了遗体。

更加幸运的是，遗体直到第二天下午才被发现。在移动遗体后，男人就从酒店退房了。

在那之后，事态就按照他期望的方向发展，使得他松了一口气。

如果椎津的推测是正确的话，那么男人是知道晴枝已经死了的。他明明知道，还一副毫不知情的样子过着一如既往的生活。

椎津询问新宿警署的牛尾，想确认手表是否在尸体被发现时就戴在左手上。

牛尾反问道："手表的位置怎么了？"

"不，没什么。"

椎津搪塞过去。就算把手表位置的矛盾告诉牛尾也无济于事，最多他也只是会向同事询问为什么要移动尸体而已吧。椎津打算自己将这个人找出来。

虽然找出此人后也做不了什么，但椎津想至少将他带到妻子的灵位前，让他给妻子道歉。他只是一味地吸取了妻子的美妙，将性爱过程中死亡的妻子一个人抛在停车场的车里，为了明哲保身逃跑了。椎津想让这个冷酷的男人给妻子谢罪。

椎津感觉若不这么做，妻子的灵魂便无法安心升天。不，其实并不是妻子无法升天，而是椎津自己难以解开心中的疙瘩。

对晴枝而言，男伴是她婚外恋的共犯。拽出这个共犯意味着将她的婚外恋公之于众。她自己肯定不希望在死后曝出这种丑闻。

这也是椎津没有将手表位置的问题告诉牛尾的顾虑之一。

丈夫有揭发妻子婚外恋的权利。但这只是夫妻之间的问题，不应该张扬到外人之中。

酒店业界内有横向联系。他们虽然是生意上的对手，但在有奥林匹克或是国际大型会议时，会互相通融客房或帮忙接送客人，以便灵活应对。

酒店工作人员也会在新酒店开业时持续调动。服务台和厨师等各个不同的部门也有各自的协会。

当然也有后勤方面的亲睦会。名称虽然是后勤会，但别名也叫"人妖会"。这是后勤人员自嘲的蔑称。正是因为他们在酒店内受到冷遇，所以彼此之间的团结感尤为强烈。他们不只是互相抱怨，还会交换一些需要注意的客人的情报，共同预防不良客人。

新宿布莱顿酒店的后勤课长山根与椎津是老同学，关系也十分亲密。椎津忍辱将事情的来龙去脉告诉山根，希望他能给予协助。

"这件事我听说了，但没想到受害者居然是你夫人。难为你把这事告诉了我。既然如此的话，我就尽我所能吧。"

山根爽快地答应给予全面协助。

虽然后勤课在酒店内像是抽到了下下签的部门，但由于一手承担了投诉处理，在酒店内的所有部门之间还是吃得开的。山根从服务台那儿弄来了当天夜里留宿客人的名单。

布莱顿酒店的客房总数为八百二十四间，能接待的客人总数为一千四百人。当天夜里的客房使用率为百分之八十二，共留宿客人一千一百四十八人。其中大床房和双人房的留宿客为七百一十五人，其余的四百三十三位客人都是三人间以上的家人、团体客人和单人间的客人。

入住大床房和双人房的客人中，有二十五位是入住大床房的，其余六百九十人，即三百四十五组客人住的是双人房，再从其中排除同性、父母子女等，还剩下二百九十五对男女，也就是这五百九十人当中，有一半首先成了怀疑的对象。

但住在大床房的二十五位客人也还不能被完全排除嫌疑，因为有人会先订下这种房间，之后再带入女伴。

二百九十五对男女客人及二十五位单独入住的客人当中，都没有椎津晴枝的名字。而且，在二百九十五对男女当中，没有明确记录同宿者姓名，只写了其中一位名字的就有五十二人。晴枝说不定就在这五十二人当中。

从山根那儿拿到当晚留宿客人名单的椎津感到了绝望。要从二百九十五对男女加上二十五位单独入住的客人当中找出妻子的婚外恋对象来，没有搜查权的椎津不知如何是好。

就算有搜查权，若那人在登记簿上写的是虚假的姓名和住址，他也束手无策。

山根鼓励道："椎津，现在还不是放弃的时候。说不定女服务员或者客房服务生当中有人看到过你夫人。那五百九加二十五个客人当中有不少常客和熟脸，还是能缩小范围的。"

看来山根对遗弃晴枝尸体的那位男伴也十分气愤。

在做这种需要掩人耳目的情事时，一般没有人会明目张胆地登记本名和真正的工作、住处等信息，所以可以排除身份明了的常客及新婚夫妇等，这样剩下的男性客人就减少到了八十二人和单独入住的两人。晴枝的男伴很可能就在这些人当中。

椎津根据山根提供的名单上的信息，一个不漏地将他们的住所查了个遍。

他首先从住在东京都内及周边城镇的人开始，然后逐渐将搜索范围扩大到较远的地方。登记簿上还有一栏是电话号码，供紧急联系时使用，但由于很多客人嫌麻烦所以不会登记。

椎津装作推销或是快递人员给记录了电话号码的人打电话进行确认，所有登记了号码的客人都确实是在相对应的住处。对于没有电话号码的客人，他则靠住址向电信公司问询，一个个地进行排除。这样下来，人数减少到了十五人。

当晚留宿的二百九十五对男女当中，有十五对男女登记的是虚假的姓名与住处，这既可以说多，也可以说少吧。

但是椎津却无法采取下一步行动。他既没有搜查权，也不是这家酒店的员工，无法进行更加深入的调查。

"你怎么能现在就放弃呢？不是都已经集中到十五个人身上了吗，这当中一定有你夫人的男伴。我帮你去问问负责给他们登记的服务台员工和对应房间的客房服务生吧，肯定有人看到过你夫人的。这样至少能掌握对方的特征。"山根又鼓励椎津。

椎津因为山根的这番话好不容易打起了精神，同时却也对自己的心境感到不可思议。虽然妻子在世的时候自己就发现了妻子的外遇，但丝毫没有动摇，反而是一种形同他人的妻子做什么都无所谓的态度。虽然他们并没有离婚，但也形同离婚了一般。若离婚了的话,她的行为就算不上外遇了。

而当他知道她在偷情现场死亡,随后又被男伴遗弃后,立刻就对和妻子外遇的男人感到了愤怒和嫉妒。可就算现在他凭着这种感情采取行动,找出了和妻子偷腥的人,晴枝也不可能起死回生。

这些他都知道。可即使如此,他还是在妻子死后拼命地寻找她的外遇对象。就算他知道找出来之后也无济于事,但就是停不下来。

难道说我还是爱晴枝的——这个念头突然冒出来,椎津自己都吓了一大跳。还以为自己对她已经不存半分爱意了,却在她死后领悟到这份爱。

这说不定就是我们这对夫妻的爱的形态吧。多么悲哀的爱啊。而现在再怎么承认这份爱,也无法得到回应了。越是承认这份爱,就越空虚徒劳。

晴枝对椎津的爱恐怕也是如此吧。她的遗体上戴着椎津送给她的手表。她非常喜欢这块手表,总是一刻不离地戴在身上。就算在她看上去对椎津的爱意完全冷却之后,也一如既往地戴着手表。

晴枝说不定是将对丈夫的爱寄托在了手表上,就像一种咒物崇拜。她或许只能用这种方式来表达对椎津的爱吧。

然后她还利用手表固定位置的矛盾坦白了自己的不伦……她在死后看清了冷酷男伴的真面目,于是依托手表来忏悔自己外遇的罪过吧。

虽然现在已经无法从晴枝的口中得知真相,但在椎津看来,晴枝死后戴着的手表将她的真情表露了出来。

说不定晴枝在生前就已经察觉了男伴的真面目。而她就算知道自己只是男伴方便时的玩物,也还是借此来排解被丈夫无视的寂寞。

在失去母亲之后，正一和铃枝也变得乖巧起来。多么讽刺的现实，晴枝的死将分崩离析的家庭再次团结起来。

孩子们看到椎津拼命追查母亲死因的样子，想必也发现了父亲新的一面吧。

对子女而言，看到双亲之间互相关爱是非常开心的，也是最理想的状态。看到哀悼母亲的死、拼命追查母亲死因的父亲，正一和铃枝都十分感动，纷纷表示要助他一臂之力。

对留宿男女的排查工作，也因为两人的协助才进展得十分迅速。对他们二人而言，这像是一种探寻母亲耻辱的工作，但他们却是一种为母亲报仇的心情。晴枝的男伴也是偷走他们母亲的罪人。

正一突然说："老爸，如果老妈是在死后被人搬到车上的话，那么那个人的相关证据可能还留在车上。"

这就是警察术语中的遗留资料。

"正一，你这个着眼点太好了。说不定真的有留在车上的证据呢。"

椎津顿时感到打开了新的视野。

虽然他在警方返还晴枝的小轿车后大致查看过，但这次父子女三人又仔仔细细地将车内检查了一遍。他们分头检查后，并没有发现什么可疑物品。

"也是啊，如果有什么可疑物品的话，警察肯定早就发现了。"正一有点泄气。

"现在放弃还太早了。说不定有的东西虽然看到了但没有引起注意。"椎津借用山根的话语来鼓励他。

"爸爸，这里有个东西。"铃枝说着用指尖夹起了什么。仔细一看，原来是一张小纸片，上面盖着"纪念品交换券 三立产业株式会社"的印章。

"你在哪儿发现的？"椎津问道。

如果车内有这种纸片的话，他肯定能看到。

"不是在车里，是夹在车轮的沟槽之间了。"

正一说："好像是纪念品的交换券呢。"

铃枝说："还用得着你说，上面不就是这么写着的嘛。"

"啊，对哦！"

说完三人一起笑了出来。这是这个家庭许久不见的光景。

"说不定是在酒店召开的聚会的纪念品交换券。"椎津收起笑容分析道。

既然是掉在酒店停车场的东西，那么很可能是聚会出席者遗忘的。

铃枝说："这么说来，这张券的主人应该是三立产业的相关人员吧。"

三立产业是在国际上颇有名气的大型综合商社。但是他们在晴枝生前从来没听她提到过这个社名，椎津家也和三立产业毫无关系。

正一继续补充推测道："而且那个相关人员走到了老妈车子附近对吧？"

"总之，交换券落在这里，说明券的主人还没有领到纪念品。"椎津将孩子们的推测敷衍了过去。

但是三人心中都有什么东西在迅速成形。纸片落在车外，所以才躲过了警察的检查。而纸片是夹在右方后轮的沟槽里的，也就是说纸片在车体下方。但不能说在车体下方就一定是车主或靠近车子的人落下的，也有可能是从别处被风吹过来的，还可能是在晴枝之前停过的车上掉下来的。但不管怎么说，都很可能是被人遗忘的东西。

晴枝的男伴说不定就在三立产业的相关人员当中，而且这个人还出席了三立产业的聚会，因为纪念品交换券只会发给来参加聚会的人。

椎津马上把发现交换券的事告诉了山根，问他在晴枝遗体被发现的那天或者前几天，布莱顿酒店是否举办过三立产业的聚会。

在遗体被发现的前一天，布莱顿酒店的大宴会厅"曙光女神之厅"召开了三立产业的新规划，即收购好莱坞大公司、进军电影界的发布会，宴请了公司内部和外部的众多相关人士，场面十分热烈。

但是当晚的来宾包括国内外的电影人、艺人、政界财界要人、媒体人士等约一千人，再加上三立产业的员工，总出席者有一千五百名。听到这里，椎津又感到一阵绝望。

"爸爸你自己不也说了吗，落下这张交换券的人没有领取纪念品。说不定主办方有记录没领取纪念品的来宾名单呢？"这次是铃枝来鼓励父亲。

山根的帮助也派上了大用场。

当天，三立产业的纪念品是以三立产业的社章和好莱坞电影公司的商标组合为表盘的座钟以及布莱顿酒店的曲奇，他们酒店的宴会负责人保存了来宾的名单复印件。而且更值得庆幸的是，名单上还做了领取纪念品的记号。

"在来宾当中有人忘了领取纪念品就离开了，所以他们为了不送漏就做了记号，在那之后会把纪念品寄过去。按照名单来看，有十五个人忘记拿了。超过一千人的来宾中只有十五个人没拿，已经算是少的了，毕竟我们酒店的曲奇还是挺有名的。"山根在奇怪的地方得意起来。

椎津对忘拿纪念品的来宾人数和身份不明的住客来宾人数相同这件事情感到奇妙。

但就算忘记领取纪念品的来宾当中有晴枝的男伴，事态也丝毫没有进展。

椎津虽有些气馁，但还是逐个调查了名单上的来宾。当天身份不明的客人的名字说不定在来宾名单上，这丝微小的希望驱使他这么做。

"咦，这个名字……"椎津的目光落在其中一个来宾名上。

山根凑过来："发现什么了吗？"

椎津指着名字说："这个名叫西河冬彦的来宾……"

"西河冬彦怎么了？"

"当天身份不明的十五位留宿客人中，有一个名字是东山夏夫。西河冬彦和东山夏夫，不觉得有点……"

"西河冬彦和东山夏夫……啊！"

"东和西，山与河，夏和冬，完全是对照性的名字。世上会有这种巧合？"

"这说不定——只是说不定哦，人在使用假名的时候，很少会用完全乱编的名字，而是擅自使用名人或朋友的名字，或编造和本名有关联性的假名。东山夏夫和西河冬彦说不定就是同一个人。"

名单上记载着来宾的姓名、职业或所属团体、住所等信息。

根据名单上的信息，西河东彦的职位是西河龙太郎的第一秘书，事务所在千代田区永田町2-2-1，众议院第一议员会馆三XX号房间。

"西河龙太郎难道不是那个执政党民友党的党首，号称西龙的人物吗？"

"冬彦和西河龙太郎的长女结婚，入赘西河家。最近因为西龙的健康问题，私下里都在传他快要引退了，听说是得了癌症。传言还说，女婿冬彦将要继承岳父的地盘和招牌。"

山根是个情报通。

族议员可谓是执政党的工蜂，作为连接官、商和民友党支持者的管道，一直是民友党政权的核心战斗力。而作为党首政调会长的西河龙太郎君临所有族议员之上。

他曾经还是政府所有厅省当中具有最多许认可权①运输省的头儿，在政界具有很大影响力，还将总裁的位置收入囊中。

现在还不能说西河冬彦就是那张纪念品交换券的主人，他还只是十五人当中的一个而已。

但是西河冬彦和东山夏夫这种名字上的对照是不可忽视的。若这真的是同一个人，那么在身份不明的十五个客人当中，东山夏夫正是那位将纪念品交换券在晴枝死亡当天或是在世时遗落在她车子下面的人。至少可以说，东山曾经接近过晴枝的车。

椎津感到总算找准了目标。

可是他却没有证据证明西河就是晴枝的外遇对象。纪念品交换券可能会被风从任何地方吹过来，也可能是将交换券给了其他人。

---

①日本的行政权力的一种，包括许可、认可、检查、认证等。

也就是说就算西河冬彦和东山夏夫是同一个人，也无法确定他就是晴枝的男伴。

但椎津却有这分确信。他确信西河冬彦就是和妻子偷腥的男人。两人持续这种成人的婚外情时可以算是愉悦的关系，但当晴枝在婚外情现场突然死亡后，西河就陷入了窘境。若性丑闻曝光，不仅继承岳父势力范围的希望破灭，而且也无颜面对自己的妻子，这意味着他将失去家庭，还会影响岳父的政治生涯。

从短暂的动摇中恢复过来的西河决定为了明哲保身，将晴枝的遗体搬到车上。

椎津虽然确信西河冬彦就是妻子的外遇对象，但他并没有绝对能让其认罪的王牌。

虽然山根将晴枝的照片给服务台、客房负责人及服务生看了，到处打听当天是否有人看见过她，但并没有得到确凿的证言。

椎津在政界相关杂志上发现了和西河龙太郎一起拍进去的冬彦的照片，当天负责为西河冬彦登记的服务台人员看到这张照片后确认了是他。

椎津想干脆和西河冬彦摊牌。就算将自己的发现告诉警察，警方已经认定不存在犯罪，所以还是无用功。椎津甚至觉得就算吃了闭门羹也没什么。

只要能见到偷妻子腥的男人，让他就遗弃妻子的尸体在冷冰冰的停车场上一事道歉的话，椎津就觉得足够了。

椎津与西河冬彦的事务所取得了联系，抱着若他心中有数的话说不定会接电话的一丝希望。刚好打电话时冬彦本人正在事务所，通过女接线员的传话，他本人来接了电话。

"请问是西河冬彦先生吗？"

"是的。你是？"冬彦的声音中带有警戒的意味，看来是对女接线员报出的椎津的姓氏起了疑心吧。

"我是椎津，是椎津晴枝的丈夫。"

冬彦在电话那头忽然沉默了。

一丝停顿之后，他回复道："我听不懂你在说什么。"

"你不可能听不懂。你五月二日在新宿布莱顿酒店三一〇二号房间和我妻子度过一段时间之后，把突然死亡的我妻子的遗体搬到地下停车场的车里了。"

"你脑子没问题吧？突然打电话过来，说些莫名其妙的话……你是不是弄错电话号码了？"

"不，没有弄错。你当晚用东山夏夫的名字在布莱顿酒店三一〇二号房留宿了。当时负责登记的酒店服务台的服务生在看过你的照片后也确认了是你。"

"那、那又和你的夫人有什么关系呢？"冬彦不打自招地承认了当晚在该酒店留宿的事情。

"当天晚上，你出席了在同一酒店召开的三立产业的聚会。当时三立方面发给你的纪念品交换券落在妻子的车里了。交换券上有你的指纹。"

椎津故意虚张声势。虽然并没有什么指纹，但这一招好像给冬彦带去很大的冲击。

冬彦说："我不太清楚到底是什么事情，不过电话里说也不方便吧。不如我们见面谈？"

本来以为会吃闭门羹，没想到冬彦好像感到了来自椎津的威胁，于是指定了会面的地点和时间。

椎津在指定时间,在指定地点的东京都中心地区的某酒店内见到了冬彦。虽然是第一次见面,但他已经知道冬彦的长相了。

冬彦四十岁出头,是风头正劲的年岁,作为在野党第三派阀头的第一继任者,像是已经继承了岳父地位般威风。

他相貌轮廓清晰,气质高贵,也很上镜,看起来很容易拉得女性的投票。眉毛浓厚,鼻梁高挺,凹陷的双颊像是在脸上投下了知性的影子。不仅如此,这还显示出他为了出人头地和明哲保身可以不择手段地以自我为中心的冷酷性格。但应该是很受女性欢迎的吧。椎津在看到他时,内心也不禁想,这确实是晴枝喜欢的类型。

午后这种不早不晚的时间,酒店里的酒吧都显得很冷清,寥寥无几的客人各自分散坐着,享受着自己的空间。

椎津走进酒吧,冬彦已经先在里面等他了。两人同时认出了对方,也没有必要进行初次见面的寒暄了。

冬彦会和椎津见面,无须多言,就是默认他自己是晴枝外遇对象的事实。

"之前你在电话里说了很古怪的事情,我完全听不懂。但电话里无法听你说详情,才改到这里来,不过我可是非常忙的,你到底有什么事情?"

到了这一步,冬彦还是想装傻。

椎津单刀直入地说:"我希望你能在我妻子灵前向她道歉。将她的遗体遗弃在停车场,她是无法升天的。"

"什么遗弃遗体、妻子的灵无法升天的,我完全听不懂啊。"

冬彦抽出一根烟来点上火,依旧打算掩盖真相。

"我们还是别浪费时间了。你之所以会来这种地方，难道不就是默认了你和我妻子有关系的事实吗？"

"我可什么都没有承认，也和你的妻子没有任何关系。但我很讨厌有纠葛，不希望发生任何麻烦的事情。你被叫到这种地方来，要是连车费都拿不到的话也很不乐意吧。这个就让我们今后毫无瓜葛吧。"

说着，冬彦从胸前的口袋里掏出一张纸片。

"这是什么？"

椎津看着冬彦递过来的纸片问道。

"支票。我想这个金额应该能让你满意。虽然和我完全没有关系，但如果你的妻子去世了的话，还请供在灵前吧。"

冬彦递来的支票上写着五百万。

"别看不起人了！"椎津突然抬高了声音，使得周围的人纷纷投来视线，冬彦也吓了一跳。

"你好像误会了。我来见你可不是想要这种东西。我就是想让你在我妻子灵前道声歉，一句话就足够了。别太小看人了。"

说着椎津拿过支票，在冬彦的眼前撕了个粉碎。

抛下哑口无言的冬彦，椎津愤然起身离开了酒吧。

在见过冬彦之后，好一段时间内椎津都怒不可遏。冬彦误认为椎津想以他和晴枝的外遇为把柄敲诈他。

冬彦给妻子生命的标价是五百万日元。灵魂卑鄙的人，会认为其他人也很卑鄙。而这群人却连政权都想用钱去买。

不去找妻子的男伴就好了。即使早就充分估计到对方是个利己主义者，但椎津为了平息自己的怒气，反而将妻子男伴的丑陋更加放大了。

而冬彦丑陋的真面目也是晴枝的耻辱。也就是说，椎津将妻子的耻辱揭露了出来。

第二天是休息日，椎津久违地去了公园。在那个板凳的固定位置上，笹野老人依然蜷缩在那儿。

"有段时间没看到你了，我还以为你去国外出差了呢。"

笹野老人那饱经风霜的干枯的脸上浮现出安稳的微笑。

看着笹野的那张脸，椎津就很想将妻子的死和那之后发生的事都告诉他。虽然这种倾诉并不能起到什么实际作用，但之前每每向笹野倾诉后，椎津都有一种得到救赎的感觉，有时也因笹野恰当的意见而确实得到了帮助。

笹野默默地倾听椎津的讲述。待椎津全部说完之后，笹野低声嘟囔道："真危险啊。"

"危险？"

椎津没有听懂笹野这句话的意思。

"你这段时间最好多注意一下周围的事情。你这种近似精神洁癖的行为可能已经招致了什么危险。"

"这是什么意思？"椎津反问。

"对方给椎津先生开出了五百万的支票吧，而你却撕碎了。对方可能会以为是椎津先生你对这个金额不满意。"

"怎么可能。别提什么不满意了，我根本就不是因为想要钱而和西河见面的。"

"但对方可能并不这么认为。那群家伙是什么事情都企图用钱来解决的，怎么可能相信你只是为了让他在灵前道歉，就在连警察都收手后还一直追查下来呢？如果五百万是对方能拿出的最大限额，可就不知道接下来会采取什么行动了。椎津先生可能将对方逼得太紧了。"

"逼得太紧了？"

"是啊。对方可不是一般的人物，为了保护自己不知道会做出什么事情来。你一定要多注意身边啊。"

笹野给椎津做出了忠告，但椎津却认为这只是笹野老人的杞人忧天。

椎津并不是为了钱财才去追寻冬彦的，这点他应该是很清楚地表达出来了。

在向笹野老人诉说之后，椎津终于感到放下了心中的重担。

就在椎津几乎快要忘记笹野老人的警告时，几天后，椎津在地铁丸之内线新宿站站台的高峰时期的人群中，等着电车进站。

不久，广播就通告乘客们电车即将进站。椎津正站在站台的最前排，忽然背后有人用力推了他一把。

虽然椎津想尽力站稳，但最终还是没稳住，从站台的前端摔到了铁轨的路基上。飞驰而来的电车已经近在咫尺。

椎津的脑海里瞬间闪过笹野老人的忠告和从站台跌落死去的野崎的脸。

就在此时，从站台的前端伸出好几只强壮的手臂，在间不容发之际将椎津拉上了站台。在伸出手臂的几人当中，椎津看到了新宿警署的牛尾刑警。

在站台上，牛尾的同事、那个独臂的刑警等其他几个人将一个男人围了起来。

"西河冬彦，现在以遗弃尸体和谋杀未遂的罪名逮捕你。"独臂刑警对冬彦说。

西河冬彦被直接带到了新宿警署，椎津也因听取情况的要求一同去了警署。

在新宿警署里，冬彦供认了一连串的罪行。

当天，椎津晴枝在性交后突然有些身体不适。就在她洗完澡、正在穿戴衣物时，心力衰竭发作了。

冬彦一时有些慌张，但害怕和晴枝的关系暴露后自己会失去一切，便将她的遗体搬到了停车场的车里。由于已经是深夜，他没有被任何人发现，成功办到了这件事。

但是谁知晴枝的丈夫却追查过来。他开出五百万的条件想以此调解，却遭到拒绝，以为对方会狮子大开口，便想到要杀害椎津以绝后患。

他还招供说自己花了好几天侦查椎津的行动，最后混杂在地铁新宿站的高峰期人流中将椎津推下了站台。

在事情告一段落之后，牛尾对椎津讲述了原委。

"在你打听你妻子的手表位置之后，我们就考虑到遗体有可能是在死后从别的场所移到车里的。虽然当时我们判断你妻子的死亡不牵扯犯罪，但如果你妻子的遗体是从其他场所移过来的话，那么移动遗体的人就触犯了尸体遗弃罪。由于你妻子的衣服很整齐，手表也戴在左手腕上，我们就以为你妻子的惯用手是右手。我们明明有责任探讨所有的可能性，所以在这一点上要做深刻的反省。

"在那之后，我们就开始关注你的行动。你从纪念品交换券找到西河冬彦的整个经过，真是让职业刑警都很是佩服。

"可凭此还没有西河冬彦就是你妻子男伴的证据。所以那天我们向西河留宿的客房负责人听取了详细的经过，确认了三一〇二号房间里有遗留物品。你猜遗留物品是什么？是这个。"

说着，牛尾将一本《圣经》递到椎津面前。

"在将你妻子的遗体搬到停车场后，就算冬彦再怎么算计也未能注意到你妻子的《圣经》忘在了房间里，可能认为那是酒店方面的摆设吧。在《圣经》的内页里夹着你妻子的诊疗券。

"不知是偶然还是故意，诊疗券刚好夹在了《创世记》中禁果的那一页。若是偶然，还真是具有象征意义啊。"牛尾感叹道。

偷吃了被上帝禁止的果实的亚当和夏娃被驱逐出伊甸园，将原罪传给了子孙后代。

对男女双方而言本都是寻求愉悦的外遇，却因一方的突然死亡而变成了悲剧。而成为外遇证据的居然是《圣经》，这还真是讽刺。

"西河冬彦被权力蒙蔽了心智。为了继承岳父的势力，他不仅遗弃了你妻子的遗体，还企图杀害你。如果他没有被权力的欲望支配，还不至于犯下这等罪行吧。

"人类充满了各种各样的欲望。欲望驱使着人们，时而能让社会进步，时而又让社会恶化。其中最糟糕的是将自信、自保与不好的权力结合在一起吧。这可以说是人类和社会的天敌。西河冬彦被人类的天敌附身，结果变得一无所有了。"

牛尾的语气颇为沉重。

在冬彦招供并被起诉后，牛尾刑警到椎津家来访。

"我今天从西河冬彦那儿收回了这样东西，给你送过来。"

牛尾向椎津递出一张纸片。是一张五百万日元的支票,开票人是西河冬彦。

"这是上次他给我后被我退回去的东西。这我不能收。"

确切来说是在冬彦面前撕碎了。

"现在西河很清楚你不是以钱财为目的的。这笔钱也不是什么不干净的钱。这是西河个人银行里几乎全部的存款。他也算是想要赎罪,才将这个支票托付给我的,可以说是西河仅存的良心的表现吧。你看把它供到你妻子灵前如何?"牛尾这么说。

对西河而言,这笔钱已经是没有必要的东西了吧。可能西河也想向晴枝谢罪。椎津没有理由拒绝西河供给晴枝的奠仪。

最后一幕 ────

这年夏天异常炎热。六月中旬起就持续着三十度以上的高温天气，连梅雨期也几乎没有降雨就过去了。大家都在担心若这样持续下去，很可能各地的水库会干涸见底，都市说不定会发生水荒。

但在这连日的酷暑之下，神奈川县相模原警署刑事一课的本间却在担心与水荒不同的另一件事情。

若在这种缺水的状态下正式进入酷暑，各地的池塘、湖泊或水坝就可能会干涸。他担心各地会相继发现沉在水底的尸体。可能有自己抱着重物投水的，也可能有被杀害后丢弃在水中的。这可真像是刑警会担心的事情。

在本间所在警署的管辖区内既有池塘，也有湖和水坝。几年前的夏天也出现了这种异常干燥的气候，结果在管辖区内的青沼，也就是通常叫作龙栖沼的池塘干涸后，发现了一具被杀害的女性尸体。再次遭遇异常气候，让本间不由得想起了当年的这个事件。

本间的不祥预感变成了现实。

位于辖区西北部的丹泽山麓有个古油沼，当地人称为古沼，这些天来水位下降明显。七月十日，有个去山麓观察野鸟的团体在古沼底部发现了一个包裹在塑料苫布内、散发着恶臭的形状怪异的物体，于是向相模原警署报了警。

相模原警署派人到达现场，从水深半米的古沼中拖出了这堆物体。这个塑料苫布的包裹用绳索缠了好几层，还吊着八个混凝土块作为压重物。经过调查发现，里面是一具男性尸体。检验结果显示，该男性推定年龄为三十五岁至四十五岁之间，身材略胖，预计已经死亡六个月以上。在其头部发现了撞伤，推测死因为该伤对头盖骨深处造成的严重损伤。

死者身着胭脂色、黑色和灰色的细纹交叉格子衬衫，藏青色的西装夹克，棕色的裤子，茶色的袜子。身上没有任何可以表明身份的物品，上衣也没有名牌。

凶手不仅将尸体细致谨慎地裹在塑料苫布中，缠上了好几圈绳索，还放入八个混凝土块沉入沼底，这让本间感到非常愤怒。

凶手想必是对自己所犯下的罪行十分有自信。正如名字所显示的那样，古油沼一直充满着老油般满盈的水，据说以往即使周围的水塘和湖泊干涸了，也只有它从不见底。

古油沼宽约四百米，沼的中央部位水深约为三米。当地人说沼底有水往上冒。若没有连凶手都预料不到的异常气候所造成的枯水期，想必这具尸体永远都不会被人发现吧。

"凶手应该对这附近的地形、地理等情况非常熟悉。"本间低声说道。

"是啊，我也不知道在这种深山里还有水沼呢。"本间年轻的同事丹羽说道。

犯罪现场在丹泽山麓，虽也算相模原的市区，但远离民家，也偏离了徒步登山的道路，就连当地人也很少涉足。

"凶手肯定事先知道这个沼很难干涸。如果只是知道水沼的所在地，还不至于知道这些事。"

"也就是说，凶手是之前住在这附近，或者现在仍然住在这附近的人对吧？"

"从凶手的心理角度来说，应该不会在住处附近的水沼里隐藏尸体吧。要么是以前住在这附近的人，要么是像发现尸体的鸟类观察者那样曾经到过附近，对附近的地理情况非常熟悉的。"

事件按照尸体的状况被认定为杀人后的尸体遗弃案，管辖区相模原警署设立了"古油沼苫布包裹杀人尸体遗弃事件"的搜查本部，部长为刑事部部长，搜查员包括来自神奈川县警搜查第一课、管辖署、邻接署、鉴定课、机动搜查队等的六十三名搜查员。

第二天，相模医大附属医院对尸体进行了司法解剖。解剖的结果显示，尸体的死因是钝器击打后头部造成的脑挫伤。另外还从肺及胃里发现了沼里的水藻，证明受害者是在尚有气息的时候被包裹进苫布中投入沼内的。

考虑到在水中浸泡的因素，受害者死亡时间推定为十至十五个月。

血型为 B 型。

没有服用有毒药物。

搜查首先从判明受害者身份开始。由于受害者死亡已有十至十五个月，周围的人有可能提出过搜索请求。但是他们查询了警察厅情报管理中心受理过的搜查请求，对比了失踪人员的照片，并没有发现相符的人物。

如果没有关于受害者的搜索请求，那么受害者可能是过着孤独无靠、远离社会的生活，或者凶手就是他的近亲或熟人。这也能说明，凶手为了掩盖受害者的身份做了非常细致的工作。

如果是偶然的犯罪，凶手和受害者此前没有关联，也就没有必要隐瞒受害者的身份了。

在第一次搜查会议上确定了当前的几项搜查方针：第一，判明受害者的身份；第二，调查死者与凶手的关系；第三，对发现尸体现场的附近地区进行搜查，包括凶手与现场的关系、现场附近的打探、凶手的行踪、遗留物品等各种搜查资料的收集等；第四，寻找目击者。

凶手将能提供死者身份的各种物品都带走或销毁了。虽然用了八块混凝土块做压重物，还将其沉入十分耐旱、水量丰富的沼底，但也为了以防万一尸体被发现，没有留下一点资料。

对凶手来说，可能想把最大的证据——尸体也一同销毁吧。若不是今年的异常天气，尸体恐怕会在沼底逐渐腐烂。

受害者的尸体腐烂得颇为严重，还保留原形的只有齿列。

受害者的前下牙中有一颗歪向内侧，左右上方臼齿缺损了四分之一。这应该能帮助他们确定身份。

搜查本部拜托相模医大的牙科医师制作了受害者的牙齿图式。

受害者身上只有上下内衣、格子纹衬衣、藏青夹克、棕色裤子和茶色的袜子而已。

内衣、衬衣和上衣都是香港制造的量贩店出品的，可以确定无法从销售途径来进行反向追踪。

但裤子是大型超市"荣光"在泰国制作的厂牌商品，他们查出这款裤子于去年四月到八月在东京都内、周边城镇及邻近县的十家店铺内卖出了约九千五百条，但这毕竟还是个庞大的数字。

裤子是成品，没有留裤脚，是根据购买时客人的下裆尺寸来卷裤脚的。

警方同时还调查了凶手包裹、捆绑尸体用到的塑料苫布、绳索及混凝土块的出处。

这些虽然不是受害者直接穿戴在身上的，但也能成为找出凶手的重要资料。可是经过调查发现，塑料苫布和绳索都不是特殊的种类，混凝土块是某建筑物的拆卸碎片，应该是从工地上拿来的。

现在，东京都内、周边城镇及邻县到处都有建筑工程在进行当中，同时也伴随着大量的拆卸工程，这样就会有大量的混凝土块成为建筑垃圾。将其作为隐匿尸体的压重物来使用，可以说是废物利用了。

"凶手是否参与了拆卸工程呢？"

"也不一定。毕竟没有必要从工地偷出混凝土块，产业废物处理业者可以从丢弃废物的地方直接捡来。"本间对丹羽说。

但丹羽却反驳道："工地的话很容易发现，但若是产业废物处理场的话，各个产业都不公开的，还有直接非法丢弃在山中或是海里的，很难找到。"

用作尸体压重物的混凝土块在搜查会议上并没有被列为搜查对象，但本间和丹羽却对此颇为上心。

他们认为比起追查九千五百条裤子的去处，还是查出混凝土块的出处会更快。就算进行拆卸作业的工地很多，但在受害者的推定死亡期内，东京都内、周边城镇及邻县内总不可能有九千五百个工程吧。

凶手应该不会从很远的地方搬运尸体到沉尸地点，搬运的时间越长，对凶手而言就越危险。而且，又重又大的混凝土块也不可能会从很远的地方入手。

本间委托鉴定课对混凝土块进行精密检查，结果从混凝土块中检测出合成高分子类的碎片和碳化物碎块，以及其他化学废物。

由此可以推断出，混凝土块的出处是制造业或者化学工业。

本间他们找到了新的搜查对象，即受害者死亡期内，在东京都内、周边城镇及邻县内被拆除的生产化学、石油、橡胶制品的相关企业的建筑物。

同时进行的衣着搜查方向的负责人是一位年轻的刑警，名为多川，他将着眼点放在了裤腿部分缝着的防磨布的针脚上。

多川自己卷裤腿时也用了同样的防磨布，所以才对这个颇为在意。但是受害者的针脚和自己的有细微的不同。荣光店铺在那一时期卖出的九千五百条裤子里，按照客人要求缝上了防磨布的有约三千两百条。他认为能根据其中针脚的特征来进一步缩小搜查范围。

多川的着眼点推动了搜查会议的进展，他们马上找到荣光店铺委托剪裁翻新的专门店——"森井 Reform"的裁缝们，挨个给他们看受害者的裤子，问他们是否有线索。

在见过几个人之后，一位经验老到的裁缝吉原益枝做出了反应："这条裤子的裤腿是我卷的。"

"你是怎么知道的？"多川问。

"这个包边是我的缝缀。"

"包边？"

"防磨布在缝到裤子上之前会先进行剪裁。因为是剪开的,如果直接这么缝上去的话,用剪刀剪开的部分会绽开。为了防止这样,我会将裁剪处折两折,再缝到裤子上。这就是包边。防磨布长三厘米、宽十六厘米,缝在离裤腿下方有五厘米的间隔处。"

"那你知道这条裤子购买者的姓名和住处吗?"

"我们在接受客人委托卷裤脚的时候,会有负责人记录姓名、住址和联系方式。请稍等。"

吉原取来了接受委托的登记簿和工作顺序备忘录,上面记录着客人的姓名、住址、电话号码、特别要求、接受日期、领取日期等内容。

吉原说明道:"因为有的客人会一直忘记来取,所以我们会在接受委托时记录姓名、住址和电话号码等信息,如果过了领取日期还没来取的话,我们会打电话联络。不过基本上客人们都会按时来取,或者有要求的话我们会直接送上门。"

但是负责剪裁的裁缝是不会直接见到客人的,一般是由卖场的负责人接到客人卷裤脚的订单后,直接写在登记簿上,然后再转交给裁缝。而要求卖场的负责人记住买过裤子的九千五百位客人是不可能的。

"这个账簿能稍微借给我们一段时间吗?"

"可以。我们只是作为记录保存下来了而已,你拿过去吧。"吉原爽快地答应了。

他们仔仔细细地调查了账簿,发现吉原益枝总共给七百三十一位客人的裤子包边裤脚,受害者就在这些人当中。搜查的焦点集中到了找出"买了吉原益枝包边裤脚的裤子的男人"上面。

调查七百三十一位购买裤子的人的工作得到了各辖区警察同人的协助,一个个排查下来,发现已经从账簿上记载的地址和联络处迁移的和不存在的人数占到了约三分之一、两百三十八名。在这两百三十八人当中,迁移地址不明的很多。

剩余的四百九十三人当中有二十五人因疾病或事故死亡。他们的死因都经过确认,与刑事案件无关。其余的四百六十八人都还健在。

受害者很有可能就在这迁移地址不明的二百三十八人,以及在"森井Reform"账簿上记载的地址及联络方式都不存在的人当中。

搜查触礁,陷入困境。

前原真一辞掉了工作。他已经五十多岁了,再过几年就会退休,此时辞职多少有些不安,但他丝毫都不留恋。

大学毕业后已经过了三十来年,他总是站在商务最前线,作为一名勤劳的企业战士辛苦工作。对这件事他并不后悔。

直到四十岁前,他都有一种用双肩支撑起公司命运的气魄。趁着高速成长期的势头,他确实引领着公司乘风破浪一路前行,在泡沫经济崩溃后的不景气时期,他也自负一直坚挺在前线披荆斩棘,开拓出了一条道路。

等到他越过五十岁的大关,终于有了余裕来环顾四周。大学毕业后一同入社的同事,三分之二以上都已经退社或是跳槽了。其他人则分散到了海内外的分公司和营业所,很难见面。

前原之所以会下决心辞职,起因于同事的突然死亡。

村木达夫和前原是同学,从学生时代起就交情很好。年轻时,他们一同进入了这家在国际舞台上势头正猛、在世界各地拥有分公司网络的商社。

进入公司后,村木一直从事业务方面的工作,在海内外的各个分店和分公司之间奔波,半年前才好不容易独自从墨尔本回来。他在总公司任海外营业统辖部亚洲大洋洲课的课长,回来后也没有时间和家人享受久违的团聚,日夜忙碌工作。

那天,在出席部长课长联席会议之后,村木为了迎接来东京出差的大洋洲经理而赶往酒店。前一天他还和这位经理商量了相关业务,直到后半夜才回到家中。而他为了出席这天上午八点三十分开始的部长课长会议,只睡了四个小时左右。连续几天的睡眠不足已经让他十分疲劳了。

他在酒店门口从车上下来时,不由得跟跄了一下,头痛欲裂。但他以为这只是一时的,拼命忍耐着刚走进酒店大门,就倒了下去。

虽然他马上被救护车送到了医院,但被诊断为蛛网膜下出血,两个小时后就死亡了。前原接到通知赶到医院的时候,村木已经不在人世了。

村木回到总公司的时候,还和前原久违地喝了场酒。当时前原就注意到村木的脸色很是不好。村木原本精悍敏锐,但当时却变得有些浮肿,长期被阳光照射的皮肤显得有些青黑,声音也不如以前响亮有力了。

当时前原觉得,可能是村木的内脏情况不是很好吧。

"之前我为了公司不顾一切拼命工作,但是到了最近却经常想起电影里的最后一幕。"村木感慨颇深地说。

"什么最后一幕?"

"就是电影和小说里最后的名场面。比如《原野奇侠》里艾伦·拉德扮演的枪手和叫着'回来吧,肖恩'的少年分别的最后场景,还有《侠骨柔情》中亨利·方达饰演的枪手与心爱的克莱门告别的场景,都是深深打动人心、让人难以忘记的最后一幕啊。"

"那这种最后一幕又怎么了?"

"和自己的最后一幕重叠起来时,我就会想人生的最后一幕会是什么样的……虽然我明白,肯定不会是电影中那种充满戏剧性的结局,但还是不想死得太不体面啊。"

"你在胡说些什么啊。真不像你。"

"我们俩都五十多岁了,再过几年就要退休了。就算运气好能成为董事,最多也只是延长两年时间而已。退休后成为公司锅底残渣似的度过余生未免也太无聊了。刚进公司的时候,我们还雄心壮志地想要大展拳脚一番,将全天下都收入囊中,但就算将天下收入囊中了,也不过是一家公司的天下。而且现在也很明显能看出,我们是无法获取天下了。所以最近我禁不住在想,至少自己不想在公司迎来最后一幕啊。"

"这可真不像你,怎么气馁起来了。再说我们还不到要谈论最后一幕的年纪吧。"

"这可说不准啊,现在这世上无论发生什么都不奇怪。"

"你是太累了。你的休假已经累积了很多吧,偶尔也好好休息一下。和老婆一起去趟温泉什么的,保证你不会想什么最后一幕了。"

"可能吧。"

那次的对话仿佛昨日发生的一样历历在目。

但是村木在回国后没有休假，而是一如既往地忙于工作，终于因为蛛网膜下出血而倒下了。这是身为企业战士的壮烈死法，可以说是凄绝的最后一幕了。

村木生前曾经说过，不想在为公司奔忙之时迎来自己的最后一幕，当时之所以会那么说，也可能是预感到了自己的结局吧。

前原感到自己失去了入社以来最强的战友。村木可算是他青春时期的朋友，也是与他共同度过人生中创造最多业绩时期的同伴。

失去村木后，前原反而更深刻地体会到了村木生前的那番话。自己人生的最后一幕会是什么样的呢？电影和小说的最后一幕并不一定都是主人公人生的最后一幕。

在电影的最后一幕之后，登场人物各自的人生还在继续。电影的主人公在大银幕上演绎完著名的最后一幕，在实际生活中落得个悲惨下场的也不在少数。电影的最后一幕和实际人生的最后一幕是不一致的。

但是电影演员和电视剧的主人公在表演了著名的最后一幕之后，对观众和读者而言就相当于不存在了。也就是说，对演员和小说的主人公而言，虚构的最后一幕也就是他们人生的最后一幕。

受到村木去世的刺激，前原也开始思考自己的最后一幕了。

前原也和村木一样，一直站在企业的最前线，作为公司的核心战力受到公司的重用。对在组织当中工作的人而言，自己被组织所需要的这种自我意识是最能令人满足的。

在村木去世之前，前原也为自己是企业主力而感到十分充实和满足。而在村木突然死亡之后，前原感到自己的眼前打开了一扇新的大门。

他之前的视野只是将自己人生的重心放在公司，而村木的死却让他的视线转向了公司以外。他切实感受到村木说的不想在公司迎来自己最后一幕的心情了。

村木肯定非常懊悔吧。就算他作为企业骨干最终战死并赢得了名誉，但这只是在公司的框架当中。村木本想在公司框架之外的地方看到自己的最后一幕。

前原觉得自己绝不能步村木的后尘。照目前的状况下去，自己一定会成为第二个村木，现在改变还来得及。前原不顾妻子的反对，执意辞去了公司的工作。他不想因为家人而让自己人生的后半期（决算期）白费。

想来，前原在毕业之后从未在自由的荒野上生活过。就算在世界各地发展，也还是在公司的框架里，只是消化了公司委托的工作而已。就算到了世界尽头，也还是在公司的领地内。自己的姓名之前一直都是公司的名称。只要报上公司名，在海内外都能通用。但这并不代表自己的名字能通用，只是用个人的自由和人生换来的社名的余荫罢了。

但妻子却很喜欢这种生活。虽然是以丈夫的自由为代价，但公司的庇护很丰厚，待遇也很好，衣食住都得到了保证，只要报出社名就能得到社会上的信赖。

而到了人生后半期，为什么要舍弃这么舒适的环境，跑到必须靠自己的能力寻找食物的荒野上放浪呢？妻子可不想要这种自由。

妻子肯定是想着前原明明只剩几年就要退休了，余生可以靠退休金和养老金过得悠闲自在吧。所以当前原提出要辞职时，对她来说可谓是晴天霹雳。

但是看到前原那谈不拢就离婚的坚决姿态，妻子也只好屈服了。

他在老家埼玉县熊谷市发现了一家连货带店铺一起出售的小店，便把积攒至今的一些储蓄和退休金投入进去，开了一家西餐馆。以前那里是一家名为"Reconquista"的南欧料理店，前原也去过几次。店里料理的味道不错，价位合理，生意兴隆。但是由于经营者年事已高，感到难以维持下去，便想转卖出去。价格不仅便宜，营业环境也很好，所以前原决定将其收购下来。

而且前原也很喜欢"Reconquista（收复自由）"这个店名，厨师也表示想继续在这里工作。

"我才不要从一流商社课长的妻子变成简陋小饭铺的老板娘什么的呢。"虽然妻子最初一脸不乐意，但在实际看过Reconquista之后也感到挺满意。

在经营Reconquista的时候，前原作为商社人的经历起到了不小的作用。由于工作期间曾到过世界各地，所以知道各国独特的料理和食材，也具有收集这些料理和食材的人脉。

在旧店菜单的基础上，加上了前原使用商社时代积累的人脉搜集来的世界各地的食材做成的异民族（ethnic）料理，受到了客人的广泛好评，生意比原先还要好。

当初瞧不起小饭馆老板娘的妻子，如今也因意料之外的好评而心情好转，开始积极协助生意了。

虽然店面只有不到七十平方米，三十人就能坐满，但这毫无疑问是前原自己的领地。

他是经营者，五名员工都按照他的意志在工作。这不是公司的意志，而纯粹是他个人的意志。这让前原感觉十分良好。

但他还不能一味沉浸其中。餐饮业界由于众多店面的经营规模都不大，并不是弱肉强食的世界，而是弱者之间互相吞食才能存活的残酷世界。若一时疏忽了经营上的努力，眨眼间就会被他人吞食。

前原深刻地体会到了料理店里原则上是不存在固定客人的。无论客人有多么喜欢某样料理或食物，也不会每天都吃同样的东西。

如果在附近出现了料理风格完全不同的拉面店或寿司店，自己的生意也会受到影响。更不用提出现了同一种类、更富魅力的店，就算是十年的常客也会被抢走。这和大商社利用名声及信用稳稳当当地做生意有着天壤之别。

弱者互相蚕食的生存竞争比弱肉强食的世界更加激烈，但这份激烈当中可以看到自由的作用。企业之间的竞争再怎么激烈，公司还是会对员工进行保护的。企业战士就像是加入了绝对不会失败的军队里一样，就算在外国孤军奋战，但社名和社威一直在背后支撑着。只要报上社名就能获得对方的信任，也多有让对手畏惧而大开绿灯的情况。

无名之辈却没有任何保障，也没有信用可言。生是自由的，凄惨地死去也是自由的。

前原将自己的最后一幕和凄惨死去的场景重叠起来。他考虑的是，在企业最前线战死，或是在自由的荒野上凄凉地死去，到底哪一个更符合自己人生的最后一幕呢？

村木的葬礼得到了准社葬的待遇。葬礼在都内某著名的葬礼场举行，社长以下的所有董事都出席，财界的权威人士也送来了花。但是悲伤的只有他的遗族，这只是个徒有其表的葬礼而已。

家养的犬在豪华的狗窝里、主人的照看下终其一生，流浪狗在荒野的尽头凄凉倒地终其一生，自己到底要选哪个呢？

前原两个都不想选。虽然不想死在狗窝里，但也不想死在荒野上。一旦死去，就意味着自己的消亡，所以无论是什么死法都一样，不过还是希望自己生前所想象的最后一幕能够尽可能地平凡、平和。

前原不希望到最后只是独自一人，至少能有几个亲人或是亲密的朋友也好，在身边为自己送行；而且希望自己的脖子上不要有束缚自由的项圈。

辞职后，前原从公司的项圈当中挣脱出来，变成了需要自己寻找东西糊口的"野犬"。

每月的二十五日再也不会有人给自己打工资了，开店前及刚开店的一段日子里，完全是入不敷出的，退休金和储蓄马上就见了底。当时，他仿佛有种全身的血液都被抽干了一般万分不安的感觉。

Reconquista的经营好不容易走上正轨，但还远远没达到正常的航行速度。要拉回流失的客人绝不容易。

虽然看上去顾客渐多，但有很多客人是因为对新开的店感到好奇才进来的。这类客人流动性太强，不能指望。看上去兴旺，但主要是流动客人的店就像抬空的神轿一样，光口号响声势大，却没有实质内容。不过就算只有口号，还是有意义要好一些。客人的活跃可以带来新的客人。

总之，前原辞职后，朝着自由的天空张开了翅膀。

Reconquista开张后，客人逐渐增多。

由于在地区杂志的美食情报专栏得到了介绍并受到好评，店门前甚至能排起等位的队伍。若还是一如往常的经营，已经无法妥善招待这么多客人了。

现在有妻子、主厨和四个非全职员工支撑，但非全职人员无法作为平时的战斗力，所以前原决定雇用一个正式的全职员工。

前原在店前贴出招人的海报，马上就有好几个人来应聘。面试之后发现，每个应聘者都高不成低不就，难以取舍。只是人好是无法承担全职工作的，必须要勤勉、机灵、会接客、有责任感。雇主也必须保证对方的生活。一旦雇用之后，对方马上就辞职或休假的话，也会让雇主很难堪。

来应聘的人都很年轻，从劳动力的角度来说是没有问题的，但总有种他们是来打零工的感觉。因为是上过杂志介绍、人气很旺的店，所以他们像是要来感受下潮流的样子。也有来吃饭的客人看到海报后来应聘的。

正在前原犹豫不决的时候，一个男人在开店时间前忽然走了进来。男人四十岁上下，看上去很老实，颇有教养，穿着质地良好的苔绿色普通西服，打着领带。前原还眼尖地看出他戴着瑞士产的手表，腰上系的皮带也是登喜路的带扣。男子手上提着一个旅行包，像是个公司职员，露出些许疲态。

他的衣装并不差，但裤子的膝盖部分已经磨光，鞋子上沾有污垢，衬衣的领子也有些脏。说不定他正在长途旅行的途中。

男人畏畏缩缩地走进来，自报家门说姓保谷，看到了门口的海报，希望前原能雇用自己。看上去很是有些什么缘由。

"我们是才刚开张不久的小店，可能给不了你期望的工资。"前原说。

"工资请你看着给就行，只要你能让我在店里工作。"男人的口吻很是谦和。

"你住在哪儿呢?"

"原来住在静冈,之前工作的公司倒闭了,才找工作来到这里。但是我已经吃够公司职员的苦头了,所以想换个完全不同性质的工作。通过求职情报四处寻找,刚好经过贵店门前看到了招聘启事,认为这正是自己想找的工作,就进来打扰了。"

"但是从静冈可无法来上班啊,我们这和公司不一样,不提供职工宿舍或公寓。"

"这点请无须担心,我会在附近租间小屋子,积蓄还是足够我租房的。我就是想从事和以前完全不同领域的工作。贵店是刚开张不久的新店,这也完全符合我的改行期望。我希望能从这家店开始自己新的人生。我会非常努力地干活的,能请你雇用我吗?"

他表现出十足的热忱。

作为在组织齿轮上工作的人,以公司倒闭为契机改行的这份心情,辞去公司职员身份的前原也深有体会。

公司职员就算跳槽,也只是换了个公司而已,并不是改行或转行。保谷可能是从前原身上嗅到了同一种人的气息,才拉开了 Reconquista 的门吧。

前原感到,站在企业第一线、尝到过组织辛酸的人,应该可以成为辞职后的前原第二人生的良好协助者。

于是前原雇用了保谷。录取时询问他的履历,保谷只是说之前在静冈市的一家水产公司工作过,其他就含糊其辞了,看来是有什么不想说的事情吧。

Reconquista 这种小店如果过于挑剔的话,可能会吓跑难得的人才。之前录取打工者的时候也只是询问了住处和联络方式，没有做更进一步的打探。

想到这里，前原也就不再多问了。

保谷果然没有让前原失望，很是能干。

店的经营策略也有所改观，中午卖午餐，午后有茶点，下午五点半至十点经营晚餐，晚上十点到凌晨一点则是酒吧。

保谷每天上午十点之前就来到店里打扫卫生，做开店的准备。关门后还清扫、整理记账单、洗餐具、做好次日进货的准备等，回去时总是接近凌晨两点。

在开店时间当中，他也就只有下午茶之后到晚饭之间不足两小时的休息，其余时间真是忙得连喘口气的工夫都没有。

保谷不愧是在水产公司从事过销售的，很擅长招待客人，客人们还亲切地称呼他为阿保。

保谷也很擅长处理会计方面的工作，导入了在企业中已经实践过的利润管理体系。另外，他还能敏感地察觉客人的需求，增加了不少大卖的菜品。

"原则上来说最好减少原原本本摆盘的菜品，无论装点多少番茄和竹笋都赚不了。而且，无论是哪家店，拿出手的蔬菜都差不多，再说蔬菜的原价是市场决定的，我们无法降低成本。不如尽量增加半烹饪的菜品，加上大小份的区别，并在配套的食物及调味料上下工夫，这样推出多种菜品，能够丰富店内的菜单。而且，只要在调味料的加减和种类上下了工夫，味道是不会变差的。人的味觉其实是很随意的，会根据装盘摆设和食具、香味、料理词汇等轻易地相信各种不同风格的菜色。"

保谷虽说是转行过来的人，却像很有经验一样地给出合适的建议。

前原根据他的建议，在异民族料理的杂烩饭中加入核桃、葡萄干、腰果、栗子、葵花籽、菠萝、榛子等，菜单中便出现了乌兹别克风、阿富汗风、乌克兰风、亚美尼亚风等各色风格的杂烩饭。

原本只是一个种类的杂烩饭，一下就多样化为好几个品种了。前原实际上并不知道乌兹别克和乌克兰的杂烩饭是不是这个样子的，但客人们却很喜欢点这些菜品。

保谷进来之后，店里的营业额飞速上涨。前原很是高兴，认为自己终于找到了一个好人才。

如今，保谷已经成为店里的核心战斗力。从采购食材到决定菜单、接客、指挥员工、整理账目等，都离不开保谷。终于，保谷开始对经营方针指手画脚起来。

事实上，如果采纳他的意见，客人会增加，营业额也会增加，所以即使行为上有些许僭越，前原都不加追究。

保谷入店后大约过了半年，前原的妻子忍不住了。

"老公，保谷真让人恶心。"

"恶心？"前原一时间没明白妻子这句话的意思。

"他有的时候会用奇怪的眼神看我。我感觉像是被看穿衣服下面似的，真令人作呕。"

前原笑了。"你在说什么啊，像个小女生似的。也不想想自己的岁数。"

"我还只是四十来岁啊，书上都写着呢，现在的女人四十正是最美好的年华。"

这么说来，妻子确实还不到徐娘半老的年纪。前原虽然已经看习惯了，但以前吸引了众多男人目光的妻子的容颜，在其他男人看来或许仍透露出一种成熟女性的魅力吧。妻子没生过孩子，靠化妆和装扮，有时看上去也就三十多岁。

"阿保和我岁数差不多呢。"

"你现在不也是个大男人吗？"

"不会是你多心了吧？"

"才不是呢。这是女人的直觉。"

"我们店里不还有年轻的女孩来打工吗，为什么人家要看上你啊？你还真瞧得起自己。"

"有很多男人喜欢成熟的女人啦。年轻女孩根本不会搭理阿保的。"

"那你会搭理他吗？"

"你胡说什么呀，讨厌。"

最后成了一场不合时宜的夫妻拌嘴。但在那之后不久，前原从一位常客口中得知了一件不能置之不理的事情。

那位常客名叫笹野，年纪超过七十五岁，说不定已经八十岁了。他面容沧桑，皮肤暗淡灰黄，布满了沟壑般的皱纹。他的感情藏得比皱纹还深，难得见到他情绪波动。

笹野总是一个人默默地吃着Reconquista的民族风味套餐。冷盘加杂烩饭，甜点加咖啡、红茶或牛奶的一千元套餐是Reconquista最有人气的菜品。

他总是一个人过来，一声不吭地吃完，然后说一声很好吃就离去。这样的笹野老人只是站在店里，就会给人一种不可思议的存在感。

笹野老人这天也如往常一样，默默地吃完饭后，因为顾忌周围而压低声音对前原说："店主，有件事想跟你说一下。"

这是开店以来笹野第一次向前原搭话。看到前原低下头来，笹野问道："可能有些失礼，请问最近换了厨师吗？"

"嗯？没有换厨师啊，怎么了？"

"不，可能是我舌头的问题，感觉最近的味道有点不一样。"

笹野老人的这句话让前原感到被击中了要害。其实他自己也有些介意保谷入店以来追求利润主义的菜单。

前原诚惶诚恐地问道："怎么不一样了呢？"

"你家店的东西确实很好吃，不好吃的话是不会有这么多人来的。但是以前唇齿间咀嚼时会有的特色味道没有了，而是变成了塞到嘴里谁都能尝出来的厚重的味道。以前的菜单中可以看到不计盈亏、只想让客人品尝美味的热情。但不知是不是因为最近客人增加了，感觉上菜很快、外形也很好看，却失去了让人好好品尝的滋味，只是一个劲儿地让客人们进食的料理成了主打。不知是不是我这上了年纪的人的偏见和误会。"

前原完全无法反驳，自从保谷来之后，自己下意识里感觉到的隔阂和不协调就这么被笹野老人说中了。

他之所以会辞职，就是为了从社奴的身份当中解放出来，在自由的荒野上追求自己的风景。店铺经营得顺利自然让他很开心，但店铺毕竟是为了让他找回自由的手段。如果又要以利益为中心的话，只不过是从社奴变成了自私自利的人罢了。

利润增加固然是好事，但正如 Reconquista 这个店名所象征的那样，是为了找回自由的店铺，不能过于贪婪反而牺牲了自由。

"不好意思，说了些无聊的话。人上了年纪连味觉都会变得奇怪，请忘了我刚刚说的那些吧。"

笹野老人像是后悔之前说的那些话般补充道。

但是自从被笹野老人询问味道的事情之后，前原便发现，开店以来的常客正在逐渐减少。

虽然年轻的新客人有所增加，不过他们不会过于追求口味，更喜欢价格便宜、菜品丰富、分量足、味道强烈有冲击力的食物。比起需要慢慢品味才能尝出的特色口味，他们更喜欢马上就能明白的味道。前原对于能品出特色口味的常客的逐渐离去而感到很不安。

可能是店铺这种不注重味道，而是注重加快客人周转的姿态让他们难以待下去了吧。

渐渐地，Reconquista 里已经见不到文化修养高且恬静的客人之间交谈的场面了，反而充斥着年轻人们热情、毫无忌惮的笑声和食器的声响。

从这时起，保谷的态度也越发明目张胆起来。他不顾经营者前原的意见，什么事都要指手画脚，新来打工的人甚至以为保谷是经营者。

最近，前原注意到一件事情。虽然营业额确实在上升，增长率却出现了不自然的起伏。在此之前会计都是由前原夫妇来负责的，但由于过于繁忙，所以保谷有时也会经手。

虽然不想怀疑，但是如果在客人支付的时候扔掉记账单，不输入金额的话就不会被查出来。前原没有亲眼看到这样的行为，所以无法确认，但确实常有营业额达不到按照客人数推算出的数额的时候。而每当这种情况发生，都刚好是保谷负责收银的时候。

不过前原并没有证据，也不好乱说。就算他在会计上动了手脚，店铺的盈利还是远在他动手脚的数额之上的。

而前原也对明知员工有不正当行为却什么都说不出口的自己十分烦躁。虽然也曾想过是否干脆解雇保谷，但保谷已经是店里不可或缺的一员了。

同一时期，妻子朝子又向前原告状了。

"老公，你能不能管一管阿保啊？"

"又怎么了？"

"他偷我的内衣。"

"什么？"

"最近我常发现内衣不见，正觉得奇怪呢，才发现是阿保在偷。"

"你真的看到他偷了？"

"偶然撞见的。他在洗衣机开着烘干的时候，抓了一个胸罩走。"

"你确定是内衣？会不会是看错了？"

"绝对没看错。那之后我确认了，确实是内衣不见了。再说哪个大男人没事会靠近烘干别人衣物的洗衣机？"

"如果真是这样，那我还是提醒他几句好了。"

"光提醒不行啦！那个人有点不对劲。"

不用朝子说，他心里也明白光提醒是没有用的。但保谷很有能力，对店铺的经营也很有贡献，所以他才一直忍耐着。若提醒时说话不当，可能会遭到报复。

目前的状况是，前原既没有看到偷钱的现场，朝子也没有抓到偷窃内衣的现行。如果按照在背地里目睹偷盗一幕的朝子所说的话去提醒保谷，保谷肯定不会承认吧。现在可不能因为一件胸罩就同保谷吵起来。

又过了不久，保谷向前原提出了加薪的要求。入店的时候保谷虽然说工资随便前原出，但那之后由于工作出色，前原给了他好几次奖金。

保谷理所当然般地提出："我进来之后店铺的营业额不仅增加了，而且还是飞跃似的增加了好几倍，工作因此也变得比以前忙碌了好几倍，所以我希望能给我加薪。"

"加薪的事我也考虑过。但最近营业额虽然在增加，可增长率很不规律。虽然客人来得很多，但增长率却经常上不去。"前原不动声色地透露出他在会计上动手脚的问题。

保谷却若无其事地反问道："这是怎么回事？"

"忙起来的时候小时工和打零工的人也会负责出纳机，说不定是有人算错了。阿保有没有什么眉目？"

"我哪里会有什么眉目啊。感觉很不舒服呢。你是在怀疑我吗？"保谷变了脸色。

"不，不是在怀疑你，只是想可能有人在操作出纳机时出错了。希望阿保在临时工操作出纳机时多注意一下。"

"如果不喜欢让临时工接触出纳机的话，那结账就让店长夫妻两人来不就行了？今后我绝对不碰出纳机了。"保谷的口气很生硬。

"我不是这个意思，你千万别误会了。我只是觉得有人在操作出纳机时不够细心而已。"

前原婉转地叮嘱了一番，不过好像起到了作用，那之后的一段时间里营业额没有出现不规则起伏。但相对地，他不得不答应了保谷加薪的要求。

保谷的做法真的是非常巧妙，对从上一家店的时候就一直留下来的主厨非常亲切、处处恭维，获得他的支持；另一方面又对临时工摆出一副经营者的模样。

待前原反应过来的时候，保谷已经完全掌握了店铺的全部权力。他对临时工做出自己掌控全店大局的姿态，而掌控现场的事实上也是他。

前原虽觉得他这副样子很可恶，但不知不觉间店铺已经变成没有保谷就没有一件事情能够顺利进行的状态了。

"老公，这样下去的话店铺会被阿保抢走哟。"朝子十分不安。

"别做些无谓的担心了，经营权还是掌握在我手上的，他只是个能干的员工而已。"

"你什么时候雇他成员工了？"

"不，只是类似于临时经理的意思。"

"我可没见过态度这么嚣张的临时经理。最近都让人搞不清到底谁才是经营者了。"

"有什么关系，有阿保在店铺也很兴旺。"

"所以我才担心啊。店铺越是兴旺，阿保的实力就越强。所有者和公司的经营权分离的事情不也常有吗……那叫什么来着？"

"资本和经营的分离？"

"对对，就是这个。现在感觉资本和经营逐渐分离，我们就快被排挤成局外人了——不，是已经成局外人了。"

"店铺的所有者可是我，我只是委托他一些工作而已。只要我愿意，随时可以辞退他。"

"在他变为屋主之前,还是赶快辞退他比较好。"

"要想辞退随时都可以,但现在没有阿保,店铺可就撑不下去了。"

"没有这回事。一开始不就是打算靠我们夫妻两人,自由地、无拘无束地、安安稳稳地去做我们心里描绘的店铺吗?现在的店铺算什么啊?简直不是店铺,而是工厂,像是在量产食饵投喂鸡鸭一样嘛。"

"你这么说客人也太失礼了。"

"我还没说是猪呢。我们本来可不是想建一座制造食饵的工厂啊。你开这家店的时候,不就是想享受着自由的同时,做出美味的料理给懂得这种口味的客人品尝吗?与其在这种工厂里工作,还不如以前的日子呢。那样还可以在公司的大屋檐下接受保护,由公司领着我们去过那种有大把自由时间的悠闲生活呢。"

"那可不是真正的自由。"

"那你能说现在是真正的自由吗?每天起早贪黑地忙着给客人运送食饵,对厨师和员工处处顾忌,不管端出多少食饵客人都不断涌来,在这样的工厂里一回过神来,发现只有我们俩被排挤在外。你辞掉工作也不是想要被人排挤在工厂之外的吧?"

朝子所言极是。他扯断公司的项圈辞掉工作,明明是因为想要在自由的荒野上尽情地翱翔。

但从目前的情况来看,自己只不过是从公司这个钢筋畜舍移到了设备更加恶劣的食饵量产工厂,而且还被排挤到了工厂的外面。在那里谁都不会理会你。至少前原在公司的时候是不会被人无视的。

前原作为店铺的所有者能够解雇员工,可如果解雇保谷的话,

Reconquista 会变得无法运转。正如饲主雇用的驯兽师将动物驯服一般，保谷已经完全将店铺驯服了。

拒绝保谷就意味着拒绝 Reconquista。Reconquista 可以说是前原半生心血的结晶，他无法做到这一点，这也意味着他无法拒绝保谷。

虽然拥有拒绝权却无法拒绝，这给前原带来了很大的精神压力。而且保谷自己也非常清楚这一点，将 Reconquista 当作人质一般为所欲为。

在这个时期，前原对保谷犯下了致命性的错误。

一天，前原在开店前临时将车子停在店门口，看快到开店时间了就急忙想把车子移到停车场。他在倒退时没有确认后方状况，就在此时保谷打开店门走了出来。结果车身后部没有任何缓冲，直接撞到了保谷身上。

前原注意到不对劲跳下车来，才发现倒在车后的保谷。虽然因为是倒退所以没什么速度，但惯性和撞到的部位不太好，给保谷造成了一定的伤害。店里的员工听到动静都冲了出来。

"阿保，没事吧？"

"请坚持住！"

前原和员工们都很是着急，但保谷却瘫软着一动不动。

急救车来把保谷送到了医院，经过诊断得知没有对内脏和骨头造成损伤，只是腰部撞伤，痊愈需要一周时间。听到伤势和冲击比起来意外地轻，这让前原松了一口气。可能是当初撞到的时候，保谷表现得有点夸张吧。

可前原因为这次事故欠了保谷一个大人情。

"老公，阿保好像在向员工们说你是故意开车撞他的。"妻子对前原说。

"什么？"

"小时工阿八偷偷告诉我的。说是阿保好像扬言，老板嫉妒他能干，所以故意开车撞他，想要撞死他。他说，好在他没有到处声张，如果是在市内道路上发生事故的话，店主就得进交通刑务所了。这次痊愈只需一周实在算幸运，但毕竟可能会有生命危险。要细数的话，什么未携带驾照、违法停车、未进行安全确认、违反道路交通法、故意伤害嫌疑都算上，要赔偿他受的损害搭上整个店都不够。"

前原确实因为是在自家店铺门前所以大意了，没有带驾照。严格来看，其他几项指控也确实如保谷所说。

"他怎么胡说！明明是他自己冲到车后面来的。"

"可一旦发生了事故，大家都会认为是开车的人不好。"

无论保谷怎么宣扬，加害方始终是前原，所以他一句也无法反驳。

这个事故之后，保谷在店里的地位得到了绝对的提高。现在前原作为店主的拒绝权也无法行使了。即使前原知道保谷说的话很过分，但作为加害者，自己的地位是非常不利的。这让前原十分懊悔。

作为一流商社员工在全世界得到历练的自己，居然被收留的来历不明的异乡人压制住了。

但是保谷身上有种难以言喻的阴森森的威慑感。他八面玲珑，对谁都和蔼可亲，等到你袒露真心，他就会不知不觉地钻进你内心的空子里，压制住你。

对每个人都圆滑周到，无微不至，待人接物都很温和。这可以算得上是一种才能了。

只要他一加入，场子的气氛就能活跃起来，在一起能让人感到很愉快。平时都很谨慎保守，但不知不觉间就掌握了主导权。待反应过来的时候，他就好像一股麻药侵入了你的神经，挥之不去。

正是因为中了他这麻药的毒，个性强烈的主厨在料理制作上，以及老资历的服务员在现场被指手画脚时，都唯唯诺诺地表示顺从。他们的精神已经被保谷占领了。

据说保谷还在前原不在的时候放出了大话："店主是赶不走我的。如果赶走我的话，主厨、老员工甚至临时工，大家都会跟我一起走。不如我在这附近新开家店吧，简简单单就能把 Reconquista 击垮。"

前原心底对保谷的憎恨越来越强烈，精神上的紧张感也与日俱增。

最可怕的就是当这些负面情感积累到一定的量时，内心会无法继续承担重荷，从而像雪崩般崩溃。在忍耐得住的时候还不觉得，当无法忍耐的时候，人是否能靠理性压抑住呢？

对裤子购买者的调查虽然遭遇挫折，但对压住尸体的混凝土块的调查却在坚持不懈地进行着。

通过混凝土块中检测出来的合成高分子类的碎片、碳化物碎块、废酸、废碱等，推测出处是制造业或者是生产化学制品的企业。下一步就是确认在犯罪相对应的时间内，东京都内、周边城镇及邻县是否有类似企业进行了拆卸工事。经过他们不懈的搜查，最终查出了十二家公司。

针对这十二家公司，再根据所在地和运营情况，最终将搜查范围缩到了三家，分别是调布市的"中央包装"、立川市的"中央塑料"、神奈川县相模原市的"相模合成"。特别是"相模合成"，这家公司离发现尸体的现场最近。该公司主要经营工业药品、化学制品、树脂加工，同时还涉及膜片、合成树脂、黏着剂、电子材料的制造等。

该公司原本在相模原市区内有个工厂，但最近由于住宅盖得越来越密，很多人投诉其造成了公害，所以才拆卸了工厂，将地盘转让给了市里。

市政府计划在这块地皮上建一个文化中心，但该工程尚未开工，地皮上仍然堆放着拆卸后的工厂废料。

将这里的废料和作为压重物使用的混凝土块做了对比之后发现，其中的附着物完全一致。这样一来，终于确定了压重物的来源。凶手被认为是熟悉附近情况的人。

但是在疏缝裤脚的裤子购买者当中，却没有住在相模原市区内的人。

"就算不住在相模原市，也可以对当地情况很了解。另外，就算被害者不住在这附近，也有可能是凶手住在这里。可以预见凶手是受害者身边的人，如果向'相模合成'地皮附近的居民多打听一下，说不定能找到认识受害者的人。"本间说道。

根据裤子购买者的名单来看，受害者不住在相模原市区。但是凶手可能和相模原之间有某种联系。虽然可能性很低，但调查员们依然拿着按照受害者的尸体修饰后的照片去打听，希望能追踪到潜藏的凶手的痕迹。

搜查员们在这个可能性上赌下一丝希望。他们每天都临时借住在警署内的练功场里，拿着受害者的照片到"相模合成"的地皮附近查访。

就在他们逐渐感觉到徒劳无功时，本间和丹羽从相模原市区和东京都交界处附近的一家老旧公寓的房东那里，得到了颇有价值的情报。

这栋公寓是现在很罕见的澡堂、厕所公用，单间构成的水泥房，看上去很容易接到消防署的拆除警告。但即使如此，由于租金便宜，还是有人入住的。

房东老太太看到照片后说："这个人啊，常来找以前住在这儿的一个女房客，老在她房间过夜呢。"

"是真的吗？"

"确定没有弄错？"

两个搜查员都不禁激动地探出了身子。

"当时模样看上去有些不一样，但应该是同一个人。"

"那个女人叫什么名字？现在在哪儿？"

"女人叫小宫绢代，一月份就搬走了，至于搬到哪儿我就不清楚了。"

据说女人在这家公寓住了约两年。这让他们感到好不容易要上钩的鱼儿就要溜走了。

"那么小宫绢代是个什么样的人呢？能否告诉我们一些她的身材、脸型、身体的特征之类的？"

"年龄应该在三十岁左右吧，挺漂亮的，而且打扮得很年轻，所以可能实际年龄比看上去还要大一些。长得算高的，披肩发，而且头发的一部分还很时髦地染成挺有意思的颜色。"

"挺有意思的颜色是什么颜色呢？"

"类似于银色，但是和白发又不一样，从远处看像是芒草穗一样闪光。"

"还有什么其他特征吗？"

"在她嘴巴的右边有颗痣。她本人好像很在意这颗痣，但看上去还挺妩媚的。说不定就凭那美貌让很多男人都拜倒在她裙下呢。"房东做出一副什么都知道的样子来。

"小宫女士从事什么工作，或者知道她上班的地方吗？"

"我记得她说过是在柏青哥店工作，经常带赠品回来，还给过我洗衣粉和洗发液呢。"

"柏青哥店？是哪里的？"

"这个我就没问过了。"

"在小宫女士的房间过夜的男人也在同一家柏青哥店里工作吗？"

"我觉得可能是吧。我听到过两个人谈论用柏青哥的钱怎么维持生计、新的机器该怎么弄之类的话题。"

"她给你的赠品上有没有标那家柏青哥店的名称？"

"可能有吧，但我记不清了，毕竟都是去年的事了。而且最近我变得健忘起来，昨天的事情都记不大清了。"

本间他们也给入住同一间公寓的房客们看了照片，确认了房东所言不假。

二人在听完房东的说明后，马上来到了离公寓最近的派出所。

派出所里存有一些档案，如地区警察逐户访问负责区域的家庭后，会制作巡视联络卡片，上面记载着居民家庭构成及工作单位等个人信息。但是这份档案上只有房东告知的姓名和工作地点上记载的相模原市内的"安田兴业"。他们给"安田兴业"打去电话，发现这家店已经倒闭，电话所有者也换成其他人了。

相模原市内现有三十五家柏青哥店。相模原市的闹市区分为相模大野、相模原、桥本这三处，小宫绢代工作过的"安田兴业"在桥本，于是两人又从派出所跑到了桥本。

相模原市原来有更多的柏青哥店，"安田兴业"是倒闭的店家之一吧。

两人去查了相模原市政府的居民基本底册，没有发现小宫绢代的记录。她是一个幽灵市民，那么小宫绢代就很可能是假名。

本间和丹羽决定再去桥本的柏青哥店看看。闹市区的街道上有很多家柏青哥店，但经营者都没有对刑警出示的照片做出反应。

当本间根据从房东那儿听到的特征描述了绢代后，有个叫阿福的柏青哥店店员做出了反应："那应该是在赠品处待过的人。"

"赠品处？"

"就是赠品交换处。我们这一区的四家店共同设置了一个赠品交换处。"

"赠品难道不是应该在店内和弹子交换吗？"

"这个不太好跟你直说，其实对于想要钱的客人，我们会给弹子打点折来回收。你刚才说的那个女人的特征和曾经在交换处待过的人很像。"阿福说道。

"那你知道她辞职后去哪儿了吗？"

"这个我就不知道了。她还有点姿色，男性客人们都还挺在意她的，但她总是给人一种难以接近的感觉。"

"她有男人了，你见过她男人吗？"

"果然有男人啊。毕竟是个不错的女人，我想她应该有男人，但在我们店里完全看不出来。"

勉勉强强追下来的线索到这里被切断了。白费力气的两人双腿像是灌了铅一般沉重。

受害者虽然和女人很亲密，会去女人的住处过夜，但却从来没有出现在她工作的地方。

小宫绢代曾在相模原市的一间公寓里居住了两年，在桥本柏青哥店共同设立的赠品交换处上班，但辞职后就悄无声息地消失了。既不清楚她是从哪儿来的，也不清楚她去了哪儿。而在此期间，受害者曾频繁接触绢代。

警方有各种个人情报组成的信息库，比如驾照、通缉史、犯罪史、暴力团伙、离家出走、不具备资格的缘由、赃物车辆、被盗车辆、逃跑车辆等，都由电脑来管理。如果有驾照或犯罪史的话，就能马上从全国集中管理的情报档案当中搜索出相对应的人物。

但是警方的信息库里却没有小宫绢代的个人情报。

除了警方，还有其他各种各样的部门管理着个人情报，如法务省、外务省、国土交通省，这些部门的资料也可以供警方调用。

市区町村各级的办事处、税务署、保健所、医院、学校、宗教相关机构、网络公司、电话公司，等等，只要在社会上生活，就一定会被情报网捕捉到。

本间开始着眼于管理全国职业介绍所情报的劳动市场中心，那里有包括死者在内的所有劳动者的记录。

只要加入了雇用保险，就有诸多信息会被输入到这个资料库当中，如性别、年龄、学历、是否有配偶、职业种类、资历、工作熟练程度、上班路径等。劳动市场中心虽然没有公开，但还是会协助警方的犯罪调查的。

但是在这里也没有小宫绢代的资料，要么是她没有加入雇用保险，要么小宫绢代是个假名。

追踪至此，已经无迹可寻。情报网遍布所有地方也意味着情报过多，难以辨别真伪。

情报泛滥会造成情报缺乏可信度。现在，无论是谁都可以在网上输入检索关键词，接触到庞大的资料和信息。个人也可以通过网络向全世界发布情报。

但是人们只是一味地发布情报，却对他人发布的情报毫不关心。就算注意到了，也不过像是阅览电报般走马观花，并不相信其内容。匿名情报几乎都是虚假情报。情报泛滥，令人在情报的大海中变得容易藏身。

搜查员在追踪失踪者的时候，必须面对庞大的情报量。也就是说，无用功也会非常多。

但是，搜查的成果正是基于踏破铁鞋的毅力和坚持。就在徒劳袭击全身、让他们疲惫不堪的时候，本间将视线投向了空中。

"丹羽啊，小宫绢代至少和受害人交往了两年。也就是说，她并非完全被社会孤立了，也不会是个无情无义的人。她住在那间公寓里时，说不定会收到一两封信。"

"就算是无情无义的人，也总会收到邮寄广告之类的信件。"丹羽像是在问邮件怎么了般地回应道。

"在小宫搬走后，说不定有人不知道她已经搬走了，还继续往那个地址寄信。"

"啊！对啊！"丹羽也察觉到了本间想表达的意思。他们马上去找房东询问。

房东回答道："她搬走后确实有几封寄过来的信，我都返还给邮局了。"

本间去辖区的邮局查询。本间听说过，在搬家的时候将新地址告诉邮局的话，在一年之间，邮局可以帮忙转送到新地址。本间向邮局说明原委，询问他们小宫绢代是否提出过邮件转送的申请。转送申请的有效期间是一年，只要每一年都提出申请的话就能持续有效。

通信保密原则是受宪法保障的，向邮局提出的转送申请有可能包括在通信保密的范围当中。

但是另一方面，基本人权又因公共福祉而受到限制。为了犯罪搜查提供必要的情报，可以解释为公共福祉的限制。

本间的着眼点正中靶心，他们终于弄清楚了小宫绢代的邮件转送地址。转送地址还在接收邮件的话，意味着她现在还住在那里。

"本间，终于找到了呢。"丹羽的声音十分兴奋。

保谷的蛮横与日俱增，但对主厨、老员工和客人们还是机敏周到、亲切和蔼，很受欢迎。

最近保谷甚至开始公开自称店长。前原并没有把位置让给保谷，只是他自封的而已。但员工们和客人都已经认可他为店长了，毕竟他实在是非常能干。前原现在已经完全被忽视了，只是店铺的所有者而已。

保谷说:"物主不需要总是来店里面的。你就放心把店交给我,自己去打高尔夫啊、旅行啊、钓鱼啊什么的,干些喜欢干的事情吧。"

"我还不打算隐退呢,这毕竟是我的店,我不在的话会影响士气的。"前原则极力主张自己才是店长的事实。

"物主就应该摆出个大姿态,店还是应该放心交给员工们的。这样一来店里的人工作起来也顺畅。"保谷的这番话引得员工们纷纷点头。当前原站在出纳机前时,员工们都明显露出不高兴的表情。现在不只是员工,就连有来往的同行都越过前原,直接和保谷沟通。

由于现场一切都由保谷掌控着,前原有很多事情不明白。同行们都知道直接找保谷会更快,所以大概都把保谷看作店主了。前原已经完全从工作一线上被排挤下来了。

"老公,你得管教下阿保,我真是受不了了。"朝子又来控诉。

"又怎么了?"

"我在休息室休息的时候,他会过来偷看。不仅如此,明知道我在厕所的时候,他还会过来敲门。"

"什么?"前原这下也不由得变了脸色。

由于空间有限,员工们使用的厕所是男女公用的。

"阿保的眼睛总是追着我转。最近还借着开玩笑的机会说了下流话呢。"

"他说了什么?"

"总之是些不太好意思说出口的话啦。"

"到底说了什么?"

"他说,夫人,店里太忙了,到处都挂着蜘蛛网呢。"

"蜘蛛网?"

"我一开始也没听懂是什么意思。他接着说要不要我给你打扫得闪闪发光啊,然后就笑得很下流。我可从来没被男人说过那么露骨的下流话。"

前原终于明白了那些话的意思,顿时一股怒气冲上脑门。他感觉保谷已经侵犯了自己的妻子。

已经不能置之不理了。若一直纵容保谷的过分举止,他只会更加蹬鼻子上脸。

前原终于下定决心,无论会给店铺的经营带来多大损失都要解雇保谷。保谷不仅想夺取 Reconquista,甚至想要夺取前原的第二人生。

前原把保谷叫了过来。

"虽然你出了不少力,但我经过一番考虑,还是希望你能辞去我店里的工作。这些虽是小意思,但也算是我的一分心意吧。"

说着,前原递出了一个信封,里面装着结算的工资共五十万元。保谷开始也吃了一惊,但马上恢复镇定,数了数信封里面的金额。

"物主,真的要辞退我吗?"数完钞票的保谷正了正脸色,反问道。

"我才不会在这种事情上撒谎或是开玩笑。你心里也应该清楚为什么会被解雇。"

"不,我不清楚。我觉得我为了这家店付出了很多。"保谷突然改变了态度。

"这点我承认,但是贡献和态度是两回事。你也太不把店长我放在眼里了,再让你在店里待下去的话,会影响员工们的士气。"

"如果你真的想解雇我,退休金的钱数也太少了。"保谷冷笑道。

"我自认为已经给得足够了。其实一分钱都不付给你也是可以的。"

"我来了之后,店里的营业额增长了十倍以上。就这点小钱根本不够啊。"

"你不满吗?"前原不由得面现怒色。光是对雇主的妻子语出不敬还轻佻侮辱这一点,就足够一分钱不付地把他赶出去了。

"那是当然。少到不能再少的话,怎么说还少一个零啊。"

"什么?"

"加上我的工资和赔偿费的话,五百万都算是普通的要求了。"

"赔偿费?"

"我看到夫人太寂寞了,就抚慰了她。现在可找不到愿意安慰那种半老女人的令人钦佩的志愿者啊。"

"你这家伙,胡说什么!"

"物主,你可得注意口气啊。那可是夫人主动索求的,我是迫不得已才帮忙。如果我愿意的话,可是能告她性骚扰的哟。性骚扰可不是男人的专利。"

前原当然知道保谷是在说谎。但保谷强就强在没有任何可以失去的东西了,所以只要保谷彻底反抗,那么前原夫妇只会沦落为笑柄。结果当天的谈判还是决裂了。

前原把他和保谷的谈话结果告诉朝子后,她忍不住哭了出来。

"太过分了,明明是我遭到了性骚扰。"

"这我知道,但我们没有证据。如果解雇保谷的话,恐怕只能打官司了。"

"我可不想打官司。"朝子脸上的表情顿时僵住了。经营者妻子对男雇工实施性骚扰的官司，正好是媒体喜欢的食饵。

单身又来历不明的保谷很明显是在敲诈。前原虽然怒不可遏，但最后认为只有按照要求支付五百万了。

"老公，难道你打算按照他说的支付五百万？"朝子像是看透了前原的想法。

"没办法，只有这样才能让他走开。"前原也是一副悔青了肠子的样子。

"如果按照他说的支付五百万的话，相当于承认了我对他性骚扰啊。这我可不答应。"朝子柳眉倒竖。

"我也不愿意啊。但不付钱给他的话，他肯定会去上诉的。"

"明明我才是性骚扰的受害者。"

"这我明白。但若要打官司的话需要证据，而且很花时间，还会被媒体包围。"

"不如杀了保谷吧？"

"杀了他？！"

"嗯。我无法原谅那个男人。他侮辱我说什么蜘蛛网、打扫得发光，居然还反咬一口说我性骚扰他。我绝不原谅他。就算打官司最后我赢了，我也消不了这口气。那个男人是女性的敌人、社会的害虫，应该给那种男人制裁。"

朝子的一席话让前原顿时感到打开了封闭的视野，积累到极限的精神压力也仿佛找到了排泄口。

保谷给他带来的屈辱和对保谷的憎恨，不是靠解雇他就能消除的。保谷在这段日子里给前原的意识底层刻下了难以原谅的屈辱和憎恨。

"等等。杀人可不是什么正常的事情啊。"

前原制止了妻子,但其实是在制止自己。

"这我知道,但我就是无法原谅他。如果乖乖听他的话付五百万,承认根本不存在的性骚扰,我之后肯定会后悔、气死的。而且五百万是肯定不够的。如果你真的付了,之后他肯定会得意忘形地要求更多。"

"如果现在杀了保谷的话,我们会被怀疑的。"前原已经赞同了朝子的提议。

"没关系的,只要解雇了保谷,我们就和他切断关系了。之前的雇主是没有必要杀死已经解雇了的员工的。"

这么说来,虽然有被解雇的员工记恨原雇主从而将其杀害的案例,却没有反过来的例子。

保谷原本就是提着一个旅行包闯进来的来历不明的人,只说是来自静冈,其余经历完全不明了。对于补充人手不足的店铺来说,经历什么的也不重要。

保谷在来到前原的店之后,也没见过有亲人或熟人来访。保谷说他为了在这里重新开始全新的人生,抛弃了之前的生活和所有的人际关系,肯定是在静冈也发生了什么事情,然后就只穿着身上的衣服提着个包逃出来了吧。

从世上消灭这种人,肯定也没有其他人会注意。

于是前原决定先解雇保谷,等稍微过一段时间之后再杀害他。

"我会按照你的要求,给你五百万。今后我们就没有任何关系了,明白了吧?"前原答应了保谷的要求。

几天后的深夜,前原将保谷叫到市民公园。

市民公园位于市区西郊，是市民休憩的场所。公园与流经市内的荒川河床相连，面积约一百七十五公顷，里面有野鸟森林、高尔夫球场、网球场、树球场等。深夜的公园里不见半个人影。

保谷说："这里还真是偏僻啊。"

"那是当然。我可不想被其他人看到给你钱的场面。"

听到前原这么说，保谷好像也信服了，完全没有注意到这是前原周到计划的伏笔。

在指定的场所，前原将五百万钞票交给了保谷。

之所以没有选择支票或是票据，是想避免日后留下记录。保谷确认过还带着银行扎钞纸的现金后，皮笑肉不笑地说："这次就此放过你吧。我可是大出血啊。你千万别忘了 Reconquista 如今的兴旺可都是我努力的结果。"

前原想：你想说什么就说吧，反正你也就只有现在能说上几句了。保谷理所应当般地收下五百万的样子，又让前原的憎恨之火更加旺盛了。

就算保谷不在了，也没有对店铺的经营产生多大的影响。笹野老人等以前的常客渐渐回来，不如说生意比保谷在的时候变得更好了。笹野老人像是看透了前原内心似的说："以前的味道回来了。看来是除去不祥、进行了消灾工作呢。"

前原觉得解雇保谷真是太好了。

如果保谷就此离开的话，说不定前原心中的憎恨也会就此消失。前原也觉得这样挺好。虽然朝子说过"想要杀了保谷"这等激烈的话，但她也会如"去者日以疏"般逐渐淡忘吧。

如果为了坚定杀意而支付的五百万能够帮助他们忘记憎恨的话，也算是花得值了。

但是保谷却没有离开这座城市。他在一家宾馆里获得了职位，摆出一副赖着不走的样子。

在从Reconquista辞职半年之后，保谷跑来见前原。

"我们和你已经没有关系了，不要再让我看到你出现在我们面前。"

久违半年的不速之客，保谷的嘴脸在前原眼里越发卑鄙了。

"就算你觉得没有关系了，但我并不这么觉得。"保谷抿嘴一笑。

"有事快说。"

"其实，上次收取的赔偿金，我还是觉得有点太少了。如果打官司的话，包括上诉费用什么的可不止这些。那之后Reconquista也挺兴旺的样子，所以我想让你再给加一点儿。"说着，保谷搓起了手。

他不会就此罢休的——朝子的预言果然成真了。必须得杀了这个男人——前原再次坚定了心中的杀意。

"嘿嘿，最近我热衷于赛马，五百万一下就被马场给吸走了。"

"你想要多少？"

前原单刀直入地问。反正已经决定要杀死这个男人了，不论他如何漫天要价都无所谓。

"一百万……不，包括搬家费用在内的话，给我两百万，我就离开这里，再也不会给你添麻烦。"保谷越发使劲地搓着手。

"我明白了。两百万对吧。我也不想再看到你的脸了，这是最后一次。"

"当然当然。我也厌倦这里了，就算求我留下来我也不会留的。"

"我手头上没有现金。明天晚上之前会准备好，你就在市民公园等我吧。"

前原还是指定了上次支付现金的场所。由于地点和上次一样，保谷也完全没有起戒心。

约定的当天夜里，前原先准备好了亮给对方看的两百万元钱，然后开着自家车来到市民公园的指定地点。他故意比约定时刻迟到了一会儿，他知道保谷不论多晚都会在那里等着的。

等前原到达的时候，保谷已经等得不耐烦了。

"怎么这么晚？"保谷责备道。

"两百万不是那么好凑齐的。"

"钱准备好了吧？"

"好不容易凑到了。上车吧。"前原打开了助手席的车门。

民宅的灯光离得很远，而且传言说这附近有色狼出没，情侣们也不会在晚上靠近。过来的时候也已经确认过周边没有人。前原递给上车的保谷装着两百万的信封。这次故意放入了很零散的纸钞。

"你确认一下吧。"

"我相信你。"

还真是奇怪的信用。

"我四处拼凑来的，可能会少个五六张。"

听前原这么一说，保谷变得有点不放心，便开始清点里面的钞票，注意力完全集中在那上面了。

前原趁着他疏忽大意，拿出藏着的榔头使出浑身力气朝保谷的头部砸去。

保谷发出一声短促的叫声便昏倒了过去。前原又继续砸了好几次。虽然是个恶人，但却没有丝毫抵抗，简简单单就死了。

杀害的过程非常简单就结束了，不由得让前原感到有点失落。

弃尸的场所他也早就踩过点了。把尸体塞入后备厢后，前原便开车来到秩父的山林里，将尸体深深埋在土中。

前原直到破晓时分才回到家中。出来迎接他的朝子说："终于结束了呢。"

"结束了。"

虽然前原累得一屁股坐了下去，但内心却依旧情绪高昂。

"我太开心了。这下终于可以呼出胸中的闷气了。"

朝子一下扑到了前原怀里。

来历不明的保谷突然失踪了也没有人在意。他之前工作的那家宾馆也只是认为一个不负责任的临时工无故翘班而已，马上就能找到人代替他吧。

前原在生来第一次杀人后，用沾满鲜血的双手久违地拥抱着妻子，让他感觉有股黑色的火焰将他身心都燃烧殆尽了。保谷对朝子说过的那句扫除蜘蛛网的话忽然浮现在他的脑海里。

搜查本部从邮局处得到了小宫绢代搬家后的住址，顿时变得有劲头了。在经过漫长的徒劳搜查后，终于找出了一个预计和受害者有密切关联的人物。

小宫绢代搬到了静冈县热海市。查出小宫住处的功臣本间和丹羽已经赶往热海，这点距离连出差都算不上。

他们得到了热海警署的帮助，确认了小宫绢代就住在市内上宿町的公寓里。由于害怕她会逃亡，所以他们没有提前打招呼就直接过去拜访了。

根据热海警署的调查，绢代在市内的一家旅馆做女招待。她的假日很不规律，而且一般是上午十点上班，晚上十点才下班回来。

本间和丹羽与热海警署的刑警一起到绢代的公寓前等她回来。

在坡道半腰处有个小公寓，旁边有一条水流。由于位置较高，能够眺望到美妙的海景。虽然媒体都在报道热海的萧条，但酒店和旅馆的窗户映出华美的灯光，整座城市看上去还颇为热闹。

看来这里是个到了夜晚才生气勃勃的城市吧，就算时间很晚了，从附近的住宅里还是会飘来美味的煮菜的香味，刺激着进行埋伏工作的刑警们的胃。

过了十点，有一位女性登上了坡道。年龄和身体特征都和小宫绢代相符。

刑警们在街灯下迅速地确认了她的银色挑染头发和嘴巴右边的痣。

"是小宫绢代女士吧？"

本间从身后叫住了正要走进公寓的小宫。她吓了一跳，停了下来。丹羽和热海警署的菅野刑警从两侧包围一般也走近了她。本间确信这个女人就是小宫绢代本人。

"我是相模原警署的本间。这位是热海警署的菅野，还有他是……"

"相模原警署的丹羽。"丹羽自报家门。

"在你这么辛苦的时候打扰真是不好意思，但我们有一些事情想问下你。请你配合一下。"

"那个，我没有什么事情好对警察说的。"绢代从最初的惊讶回过神来，摆好了姿势。

"小宫女士曾经在相模原市的青岚庄公寓里住了两年吧？"本间的语气不容置疑。

"我、我……"

"我们还确定你曾经在相模原市柏青哥店共同赠品交换处工作过。"

"那又怎么了……"认为自己无法隐瞒的绢代只好反问道。

"你住在青岚庄时，这个男性经常去拜访你，并在你的房间过夜吧？"

本间一使眼色，丹羽就把受害者的照片伸到了绢代面前。

一瞬间，绢代对照片做出了反应。

"你认识这个人吧。我们正在调查他的身份。七月十日，这个男性的尸体从相模原市的古油沼里被发现，我想你应该已经从新闻报道中得知了吧。"

绢代沉默着。她并不是在行使缄默权，而是找不到回答的话语。

"时间也不早了，在这里也无法详谈。能请你跟我们到警署走一趟吗？"

由于已经确认她是小宫绢代本人，她也基本上承认了与受害者有一定关系，所以本间提出自由同行的要求。

因为是自由的，所以要想拒绝的话也是可以的，但绢代好像对刑警埋伏等待自己一事颇受冲击，顺从地答应了。

来到热海警署的绢代立刻在警署的一个房间里被问及和受害者的关系及受害者的来历。

"在你疲惫的时候打扰真是过意不去。那么我重新问一次。你住在青岚庄时,经常来拜访你的这张照片上的男性名字是什么?"

本间一口气就戳中要点。绢代依旧沉默着。和之前不知说什么好的时候不同,这次她像是在使用缄默权。

"有人在杀害这名男性之后,绑上混凝土块沉尸到沼底。而如今这名男性的身份还不明了。这样下去的话他的遗体无法返还给他的遗族,也无法成佛升天。如果你可怜他的话,还请告诉我们你所知道的事情。"

本间逼近了一步。绢代依然保持着沉默,但肩头已经微微颤抖起来。

"我们知道你曾经和这位男性很亲密。怎么了?你明明知道他的身份却不肯说,是因为有什么事被知道后对你不利?"

绢代的肩膀忽然颤抖得十分厉害。本间对丹羽使了个眼色,丹羽又拿出几张照片放在绢代面前。这些是完全没有经过修饰的、受害者被发现后的现场照片。

第一张照片上是包裹尸体的塑料苫布缠着绳索、绑着混凝土块的样子。后面几张照片是打开苫布后,膨胀而凄惨的腐烂尸体,以及身体各处的放大照片等。每一张都让人不忍直视。

绢代也真的脸色惨白地撇开了脸。

"请不要躲避,好好看看。这个人就是曾经和你很亲密的人。在沉到沼底后,逐渐变成这副样子了。好不容易被人发现了,但身份不明的话,他也无法成佛。这不是太可怜了吗?难道不想把遗体归还给他的遗族吗?"

本间穷追不舍。绢代呜地呻吟了一声,趴到桌子上。

"小宫女士。"本间语气颇为严厉。

绢代的抵抗终于到此为止了。

"这是没有办法的事。"绢代终于开口了。围绕着绢代的三名搜查员都等着她的讲述。

"没想到会变成这个样子,太可怕了……这个人叫川南登,是沼津柏青哥店的店长,我在那里工作的时候,和他有了关系。当时我和小宫结婚了,所以和川南是外遇的关系。这件事被丈夫知道后,丈夫十分生气,我就逃了出来,在相模原市的柏青哥赠品交换处找到份工作,住进了青岚庄。但是我在搬到相模原市之后,还和川南私下维持着关系。结果这件事还是让丈夫知道了,他便跟着川南找到了我在青岚庄的住处。"

"难道你没有告诉川南先生说你丈夫来了,让他别过来找你吗?"

"我说了,但川南还是过来见我了。"

"那你丈夫找到你的住处之后,没有劝你回家?"

"他只是过来确认我的住处而已,监视了一下我和川南,完全像是他的做法。后来他在川南从青岚庄回去的路上埋伏,杀死了川南,并沉尸到了古油沼。丈夫好像是在跟踪川南的途中起的杀意,做了一些准备。在川南失踪的时候,我直觉反应就是丈夫杀了他。然后我害怕自己也会被杀,就从相模原逃了出来。"

"你丈夫在杀害川南先生之后,没有要求你回沼津?"

"他要是这么做的话,不就等于承认是他杀的川南吗?"

"在你丈夫杀害川南先生的时候,你没有帮忙吗?"本间怀疑她是共犯。

"这怎么可能!我很喜欢川南的。"

"那你是怎么知道是你丈夫干的呢?"

"那个人实在太可怕了。明明很会吃醋，但在知道我和川南的外遇之后居然一直监视着，等待机会。"

"你知道你丈夫现在在哪儿吗？"

"我还在相模原的时候，他说在埼玉县熊谷市工作。但是不知道他现在还在不在那儿。"

"那是在杀害川南先生之前还是之后？"

"应该是在之前。我是在川南没有消息之后才搬来的热海。"

"川南先生失踪后，为什么没有提出搜索申请？"

"我害怕自己被怀疑为共谋。"

"川南先生没有家人吗？"

"以前好像有个妻子，但已经离婚了。和我交往的时候他就是一个人了。川南曾经对我说，希望我能和丈夫离婚，和他结婚。"

"那你是怎么想的呢？"

"我觉得可以和川南结婚。但是我也知道我丈夫是绝对不会和我离婚的。我丈夫是个一生气就不知道会做出什么事的人，我很怕他，一直都不敢提出要离婚。"

多亏坚持不懈的搜查，警方终于查出了受害者和凶手的身份。

根据受害者的尸体制作出来的齿列以及受害者的血型都与川南登的完全一致。搜查本部于是断定受害者的身份就是沼津市内的柏青哥店Happy的前店长川南登，四十岁。

在"Happy"里，川南算是雇佣店长，所以即使突然无故缺勤也没人认为有什么不对劲，所以就没有人提出搜索申请。

川南原本是独自一人住在柏青哥店在市内租的公寓里，行李也就只有日常生活用品，所以他们以为，可能过一阵子他就会回来吧。

川南出生在兵库县丰冈市。他哥哥在当地经营一家皮革制造公司，但和川南完全没有联络。

另一方面，小宫绢代则是静冈县下田市出身。她从本地的高中毕业后，曾在市内的信用金库工作，但不久就辞职了，之后又分别去了静冈、沼津的水产公司和柏青哥店。

她在静冈的水产公司结识了现在的丈夫并结婚，之后绢代独自一人来到沼津的柏青哥店上班，并结识了受害者川南。她丈夫在两年前的夏天辞去了水产公司的工作，之后下落不明。

搜查本部将绢代的丈夫小宫弘光以杀人及遗弃尸体的嫌疑发布了通缉令。

杀害保谷后，前原夫妇整天都提心吊胆，害怕会有警方的人找过来，但过了一阵子之后发现一点苗头都没有。在这期间，深埋在秩父山中的保谷的尸体正慢慢地和泥土同化吧。

保谷的失踪在这附近都没有形成传闻。和前原预想的一样，一个来历不明的人就算人间蒸发了，也没有人会在意。就像是一只候鸟不知从哪儿飞来，又不知飞到哪儿去了。他感到每过一天，危险就渐渐远去一点。

犯罪已经过去一个月了，前原也终于放下了警戒。可以说他的完全犯罪基本上成立了。

Reconquista的经营也很顺利。虽然年轻的客人有所减少，但以前的常客都回来了。保谷留下来的东西并不是全都不好。保谷彻底合理化的管理理念还在良好地运作。

下工夫做出来的多样化菜品和给客人吃美味东西的精神并非是完全相悖的。给年轻的客人提供便利，给常客个性化的款待，这种细致的区分同时吸引了年轻的客人和讲究口味的常客。Reconquista已经成为美食家和年轻人关注的店铺。

　　前原对保谷的记忆变得模糊起来。他真的存在过吗，还是一场噩梦中的登场人物呢？主厨、员工和客人们好像都已经完全忘记了保谷的存在。

　　总之，前原产生了一种奇怪的感觉，即保谷不是实际存在的人，自己的犯罪也只是一场梦境。这可能是人消除对自己不利过往的自卫机能吧。

　　正在此时，朝子脸色难看地从外面赶了回来。

　　"老公，不好了！"

　　她一看到前原就喊了出来，但半天都吐不出下面的话。

　　前原被她异常的模样吓了一跳，反问道："到底怎么了？"

　　"被全国通缉啦！"

　　朝子又说不上话来，嘴唇都在颤抖。

　　"朝子，冷静，冷静下来再好好说。到底是谁被通缉了？"

　　"阿保啊，保谷被通缉了。"

　　"什么？"

　　"刚才我买东西回来时路过派出所门口，随意瞅了一眼贴在公告栏里的通缉照片，发现是保谷。保谷作为杀人犯，被全国通缉呢！"

　　"真的？"

　　"是真的。虽然名字写的是另外一个小宫什么的，但和保谷长得非常像。"

"会不会是偶然长得像的陌生人啊？"

"虽然看上去不太一样，但却很像保谷。"

"我去确认一下。"

前原和妻子一起来到派出所前，看了通缉令。确实，保谷的面部照片作为全国通缉的嫌疑人贴在上面。

照片上的保谷虽然比前原认识的那个要更年轻一些，仪表也有所不同，但确实是保谷的特征。

根据通缉令上所说，保谷的真名是小宫弘光，三十九岁，静冈市出身。前原夫妻看得实在太认真了，派出所里的警察都注意到了他们。

他们离开派出所，朝子马上问道："老公，你怎么看？"

"确实长得很像，但还是无法断定。"

"哪有陌生人能长得那么像的。"

"还是有可能的。听说每个人在这世上都有另外一个和自己一模一样的人。和美国总统长得非常像的人还上过电视节目，不是让大家都吓了一大跳吗？"

"如果通缉的那个人真的是保谷的话，会怎么样？"

"不会怎么样。保谷不存在于这个世界上。无论警察多么厉害，都抓不到不存在的人吧。"前原这番话像是对自己说的。

"也是啊。他们是追不到已经消失的人的。"

朝子也在尽力说服自己。

前原曾经怀疑保谷干过什么亏心事，但万万没想到他居然会是杀人和遗弃尸体的嫌疑人。

保谷的本名是小宫以及他以前干过什么，和前原都毫无关系，但前原还是有一种不祥的预感。保谷的通缉令可能会引起什么不良影响的不安在他心中抬起头来。

根据小宫绢代的供述，小宫最后的住处是埼玉县熊谷市。熊谷是一个地方都市，位于埼玉县北部的交通和经济中心，曾经还成为埼玉县县厅所在地的候补。

小宫最后的音信表示自己在熊谷市的商业宾馆找到了工作。

熊谷市有三家商业宾馆，在熊谷警署的帮助下，调查发现该市的直实宾馆有一个工作了六个月左右的临时工，特征和小宫非常相似。他向宾馆方面自称保谷。

保谷在约七个月前看到招募广告就忽然跑了进来。他不仅很能干，也很精明，经常趁上司不注意的时候偷懒。

他在宾馆工作了大约有半年，然后就像来的时候一样，又突然不干了。

本间和丹羽决定前往熊谷市。

从东京站乘坐上越新干线，到达熊谷市只需约四十分钟的时间，所以比起地方都市更像是位于首都圈内。但熊谷市还是具有浓厚的地方都市的感觉。

保谷曾经工作过的宾馆建在国道十七号（旧中山道）沿线。这一块是作为中山道的驿站城市发展起来的繁华地带，原先在沿途两旁鳞次栉比的个性商店如今都被毫无生机、注重机能的高楼大厦取代，道路上也是忙于奔波的车流。虽然来往车辆很多，但却难得见到几个人影。

两人在直实宾馆并未能获得更多的情报。就在他们正要一无所获地回去时，本间突然问道："他们说保谷是看到招聘广告就突然进来的，那他当时是第一次来到熊谷市，还是已经住在熊谷市了呢？"

宾馆人事部门负责人回答："他说不是第一次来，之前曾在市内的饭馆里工作过。"

"你知道那家饭馆的名字吗？"

"应该是市内星川街一丁目的Reconquista。"

"Reconquista？"

"听说是两年半前开张的民族风料理店。"

"保谷为什么从Reconquista辞职了呢？"

"他说是和店主在营业方针上意见相左。"

"他还是挺能干的吧？"

"是个头脑聪明的男人。但是只要有点上手之后就掌握了窍门，经常偷懒。我想可能是因为这样才被之前的店解雇了吧。"

"知道他住在哪儿吗？"

"虽然不知道是不是现在还住在那儿，但应该是市内的一个公寓吧。"

本间二人在去保谷工作过的饭馆之前，先去了一趟公寓。这块地区原本是田地和河岸，现在道路被分割成棋盘的格子一般，到处都是小型住宅。

那栋公寓也是趁着开发热潮被急忙赶制出来的预制装配式单元房组合建筑物，看上去虽没什么风情，但作为单身居所还算是合适。

房东住在一楼面积最大的房间。两人告知来意后，房东有点放下心来似的说："其实我还正想去找警察呢。我觉得很困扰啊。"

"你是看到了通缉令吗？"

"通缉令……是怎么回事？"房东吓了一大跳。看来是还不知道通缉令的事情。

这么看来，（非常像）保谷（的人物）被通缉一事在房东周边没有形成话题。正如房客主要是单身者时，房客也对此毫不关心一样。

本间问道："为什么觉得困扰呢？"

"他都出去一个月了没回来，我想让他把房间空出来，但和本人联系不上，他又没有亲戚和熟人的样子，所以正烦恼呢。"

"他的行李都还留着？"

"说是行李，其实就和破烂差不多。但我又不好随便就处理掉，就检查了一下他的房间，结果发现了很了不得的东西。"

"什么了不得的东西？"

"他的存折留下来了，我无意之间看到了余额，居然有近六百万！"

"六百万？"

"他总不可能留下这么大一笔钱就消失不见吧。所以我觉得他应该不久就会回来，房间就那样放着没动。"

"能让我们检查一下房间吗？"

"请请，你们是警察应该没关系的。"

单间房里还留有房客生活的痕迹，就像只是一时外出而已。屋里放着总也不叠起的被褥，水池里没洗的食器和蒸馏食品的包装纸堆放成山。敞开的壁橱里塞着要洗的脏衣服。室内充满了奇怪的臭味儿。

"这都要生蛆了吧。"

算得上家具的只有电视、冰箱和带抽屉的小箱子。抽屉里放着小宫弘光名义下的存款存折和印鉴。

通过这个存折可以确认保谷就是小宫。

本间说："这和他入住时使用的名字不同呢。"

"感觉像是有什么难言之隐的人，所以用的是假名吧。"房东答道。

当目标人物在保留日常生活痕迹时外出或旅游，没有携带一般都应该随身携带的驾照、保险证、现金卡、穿着衣物等就失踪的话，通常会被推定为是遭遇了犯罪，或被卷入了意料之外的事故、天灾等之中。

除了存折，连现金卡和外套都留了下来，可以看出这间屋子的客人在外出之际是打算马上就回来的。

但是他外出后已经过了一个多月，穿着普通衣服，留下余额六百万的存折一直不回来的状况实在非同寻常。

两位搜查员注意到存折余额中五百万的存入日期，刚好是小宫在辞掉之前饭馆工作的时间前后。这五百万肯定和他从饭馆辞职有关。他们心中迅速形成了一个想法。

有两个男人突如其来地造访前原，他们自称是神奈川县警相模原警署的搜查员。

前原马上反应过来，相模原警署就是发布小宫弘光通缉令的警署，顿时就面容僵硬。

冷静。就算相模原警署的刑警来了，也不一定是在怀疑我。只是在找假名保谷的小宫弘光的下落时，过来找相关人员探听下消息。

在开店以来相当长的一段时期内,小宫都在前原的店里工作,被探听消息也是无法避免的。前原靠意志力保持住平静的表情,做出一副若无其事的态度。

年龄稍大,自称本间的搜查员说:"小宫弘光,在你的店里自称是保谷的男人,他是在我们警署管辖区内发生的一起杀人、遗弃尸体事件的嫌疑人,我们正在追踪他的下落。但是他一个月之前就人间蒸发了,既没和工作的宾馆联系,也没有回到住所。听说他直到七个月之前都在前原先生的店里工作,不知道前原先生对他的去向有没有什么线索?"

"这个嘛,虽说是在我这工作过,不过半年多前就辞职了,我也不清楚他任职时的交友关系,还真是没什么线索。"前原回答。

"说的也是啊。半年多前辞职的人已经是毫无关系的人了。"本间点点头,"小宫进入这家店工作是经过谁的介绍吗?"

"不,他是看到店门口贴的招人启事,直接跑进来的。"

"那时就说他叫保谷?"

"是的。"

"那你在雇用他的时候,没要求他出示什么身份证明吗?"

"没有特别要求什么身份证明,因为当时只是想雇一个临时工,没多想就录取了。"

"没多想就录取的人,却在店里干了很长时间呢。"

"前前后后差不多有一年半吧,他还是很能干的。"

"那为什么解雇他呢?"

"是他自己忽然提出要辞职的。"

"他好像说过是和店主的经营方针相左。"

"我不清楚他是怎么说的,但我觉得他很能干,希望他能继续干下去。但是本人提出要辞职,我也就没有强求。"

"那你给他退休金了吗?"

"我支付退休金了。"

"付了多少呢?"

"加上规定的工资,一共付了五十万。"

"一年半就给五十万的退休金也太多了吧?"

"我把这个当作他对店铺做出贡献的谢礼。"

"那他对这五十万退休金表示感谢了吗,还是感到不满呢?"

"当然是表示了感谢。"

"你确定是五十万?会不会少了一位数?"

"对一个辞职的临时工,我怎么可能支付五百万。五十万都算多的了。"

"是嘛。其实小宫在辞职前后,有一笔五百万的收入。目前能考虑到的收入源就是你的店了。"

"我不知道小宫是从哪儿弄到这么一大笔钱的,但和我没关系。"

小宫说的赛马失败只是为了从前原那儿搞到钱的谎言。前原认为这时候只能一问三不知,装傻到底。

"其实我们在来拜访之前,从员工口中得知了这家店铺的开户银行,取得搜查令后查看了存款的变动。你们的开户行林檎银行熊谷支行,在约七个月前的三月十二日,交易显示有人取出了五百万现金。这笔钱取出之后的几天,小宫的银行户头上就存入了同等额度的现金。我们认为你取出的这五百万就是小宫存入的五百万。"

"你们怎么想是你们的事，反正我取出的这笔钱和小宫的存款没有关系。"

"那你取出的这五百万花在什么地方了呢？"

"员工的工资、进货、对工商业者的支付，等等。"

"从每个月定期的提取金额来看，也不曾有过五百万这么大的一笔钱。为什么偏偏在那个时候需要这么大一笔现金呢？"

"做生意的现金支出是很不规律的，不像公司职员的家庭收支那样固定。"

"原来如此。也确实会有这种情况呢。对了，还有另外一个很有意思的数额。"

说着，本间给自我介绍名叫丹羽的年轻刑警使了个眼色。丹羽拿出一张罗列着数字的清单似的复印纸，那是银行存款账户的一部分。

"这是你林檎银行的存折在一个月前的九月十三日交易明细清单的复印件。当天你取出了两百万，在第二天又存入了两百万。就在你取出、再存入同样金额的缝隙间——即那天夜里，小宫失踪了。我们认为这两百万和小宫的失踪有关联。为什么你在这天取出两百万，然后在第二天又存入两百万？我们今天就是想来听一个足以让人信服的理由。"

本间给予了最后一击。

前原在这一瞬间听到了内心崩溃的声音。这是自己花费半生好不容易建筑起来的东西崩塌的声音。或许还能够进行抵抗，但前原已经没有这个气力了。

前原不惜细心筹划完全犯罪来守护的人生结晶就这么崩溃了，

而且这还不是自己的错误所造成的。前原消灭掉的天敌靠着自己已经犯下的另外一件杀人罪行的破绽,就像多米诺效应一样,连锁般地粉碎了前原周到策划并实施的犯罪。

前原听着这股崩溃的声音,从中看到了自己的最后一幕。

杀人荷尔蒙 ————

1

田代惠三喜欢从自家书房的窗户向外眺望。

田代的家建在丘陵的半山腰上。这片地区地形独特,被称为多摩横山的丘陵如海面温和的波浪般起伏,山丘之间夹着细长的谷地,如同大地的血管般分支错节。

之前这里曾是遍布赤松、杉树、丝柏、栎树和橡树的树林带,是狐狸、狸子、野兔、雉鸡等动物的天堂,近年来却受到城市化浪潮的影响,一栋栋住宅楼拔地而起,丘陵也被推土机切得零零碎碎,但地形起伏及大自然等横山的痕迹还是有所保留。

田代搬到这里已经十年有余了,但他最喜欢的还是从自家窗户眺望到的光景。为了尽可能地采到自然光,他家的窗户非常大。在窗前的桌边坐下,就能看到建在几乎同一高度的丘陵斜面上的房屋。

那里不是住宅公司建造的阶梯式住宅,而是独门独户、具有个性的人家。那边种了很多樱树,在花期时甚至感觉房子是掩映在樱花当中。从窗边看到的风景在这十年来发生了不小的变化。

田代买下了丘陵的一块土地,自己建起了房屋,然后从外地搬了过来,可以算是外来人了。但最近十年,在田代之后迁来的人越来越多,绿色越来越少,房屋却越来越多。

但田代自己也算是破坏了这片地区自然的一角的外来人,无法对新居民的增加发牢骚。

田代最害怕的就是,一旦在自家窗户前建起高大的建筑物,就会遮挡住他非常中意的风景。但所幸这附近是景区,不允许建设高层建筑。田代家窗口的景色好不容易维持了下来。

根据时间和天气的变化,窗口能眺望到的景色也有所不同。早春时先能看到梅花和山茶花,继而樱花、桃花、木兰、四照花都先后展颜,有时还会一齐绽放,使得空气中充满香甜的气息。野鸟也会渐渐活跃起来,还能听到黄莺的啼鸣。当映山红漫山遍野地铺开,甚至越过树篱和栅栏,绣球花经过雨水滋养后,就是夏天的紫薇和夹竹桃点缀山野的时候了。金桂的芳香预告秋天的到来,不过一会儿,红叶和黄叶就点燃了整片丘陵,落叶在秋风中翩翩起舞。

可能是地形的关系,这里的气温低于东京,就算整个东京都只是下雨,在这里也常会变成下雪。从窗口眺望雪景更是雅致。有很多人还利用丘陵的斜坡来享受滑雪的乐趣。

田代特别喜欢梅雨时节的景色和夜景。在时下时停的蒙蒙细雨中,风景像是软焦点般柔和而朦胧。这样的日子里没有鸟鸣,也没有犬吠,更没有小汽车的噪声。窗口的取景让田代有一种飘离现实世界的错觉。

乍一看是局限在窗框里的风景,但一看就是十年,田代渐渐看出各家居民的个性和生活方式。

　　他从早起、善于修剪植物、经常晒被子、洗衣服的量、色彩感觉等各种要素入手，去想象住在那里的居民。

　　夜景也是变化万千。月光明亮的夜晚、星月交辉的夜晚、不见一缕星光的暗夜、雨夜等都各具风情。晚上，各家各户的窗口都点起灯光，再随着夜色深沉而一盏盏消失。在周末或是年末，特别是除夕之夜的时候，则像是在比谁家的灯光能留得最晚似的，颇有意思。

　　十年来，田代一直从同一扇窗户眺望同一片风景，窗框里的构图像是照片一样固定在了记忆当中。只要固定的构图发生了变化或是出现外来的异类，田代马上就能发现。

　　田代就这样透过从窗户中看到的各家灯光去想象灯光后面人们的生活。虽然那些灯光看上去像是象征着温暖和幸福一般闪烁，但背后肯定背负着不同的人生重担吧。

　　到深夜都没有熄灯的窗户，一旦过了考试时期就会灭得很早。这时田代就会想象住在那里的人考试是否合格了。

　　而且并不是说灯光灭了，人们就进入了安稳的梦乡。这时，田代会一边燃烧起旺盛的想象之火，一边将自己书房的灯光熄灭。

　　但他并不是只从窗口眺望，也会在这些实际的风景中散步。在散步时，他有时会看到那些居民。他们当然不知道田代透过窗户在观察他们的生活。

　　从窗户眺望毕竟有一定的距离，当他走近了观察时，就能看到那个家庭的构成、爱好、饲养的宠物甚至经济状况。

　　这些家庭中既有放任宽敞的庭院不打理的，也有在狭窄的庭院里种植应季鲜花、配置精致的盆栽、细致打理的；既有把狗拴在院子里不管的，也有一天几次带狗出去散步的。还有被称为猫屋的房子，主人不仅自己养了猫，还会给野猫喂食，使得野猫们都会聚集过来。不仅仅是野猫，还有要搬家的人会把自己养的猫丢在猫屋跟前，所以野猫的数量越来越多。

不过，不能单凭对动植物的喜好来判断家庭主人的情况。

由于田代基本上在一周内固定的日子和固定的时间、走固定的路线来散步，所以也有人记住了他。虽然双方会颔首打招呼，但对方并不知道田代的名字和来历。田代虽然能从门牌上得知对方的姓氏，但也不知道对方的来历。

这里不愧是首都近郊的城市，附近丘陵上的居民对自己而言几乎都是陌生人。虽然在这里照面时会打招呼，但若在其他地方，可能都不会认出对方吧。

2

田代曾在一家主要经营学习用品的文具公司工作。公司在业界算是老字号了，但急于适应高度发展的信息社会，涉足不熟悉的OA（办公自动化）机器，惨遭失败。

公司好不容易在法院申请办理民事再生手续。靠自己的力量重新站起来已经非常艰难了，公司差一点就要破产。这时，田代被解雇了。

田代刚过五十岁大关，在公司中也差不多要走到头了。自己有一定的存款，因兴趣而坚持下来的自然观察散文也得到较好的评价，时不时会收到约稿的请求。此时被解雇不如说是意外的好运。

田代只要一有空闲,就会一头栽进动物、植物、昆虫等自然观察中,所以一下就被公司解雇也不足为奇。就算在公司业务顺利的时候,田代也知道,自己将来不会出人头地的。

田代最后的安身之所——多摩虽是首都近郊的城市,但自然风光还是保留了不少。田代不用担心缺少自然观察的对象。再多走一点就能到达奥多摩,田代希望借此良机转行成为一个博物学家。

有不少人在从事本职工作的时候,还在完全不同的领域进行研究和发明,而且留下卓越的成就。

比如原为股票经纪人的高更在三十五岁时成为画家,最后来到塔希提岛留下了毕生的杰作。原本是瑞士一家医院院长的福雷尔在蚂蚁研究方面扬名世界。田代也想成为这样的人。

他之前的本职工作由于公司几乎破产的事态已经变得一无所有了,这不禁让他感叹自己这半辈子的努力到底都是为了什么。这样下去就没有任何东西能够证明他的人生。所以他想斩断公司的锁链,接下来要为自己的人生而活。

他脱离了公司的束缚,再来眺望窗框里固定的构图时,感觉眼前的风景竟完全不同了。

之前都是出于兴趣来观赏的,今后却要将它作为本职工作的观察对象。他感到窗前单纯的风景骤然变得和生活密切相关起来。

就在这段时期,田代家附近频繁有猫失踪。失踪的猫主要都是野猫,但偶尔也会有家养的猫不见。

于是周围有了这样的传闻:有违法的掠猫人受到大学研究室的秘密委托,到处抓猫,以一只一千元的价格卖给大学。

有一只经常来田代家讨食的黑色野猫也突然不见了。那只猫还很年轻，看上去不像快死的样子。它脸大而扁平，毛有点脏，好像去别的人家会被赶出来，所以才把田代家周边当作自己的地盘。性格也不是很好，田代拿出食物的时候，它一副威胁着"快给我拿过来"似的表情，露出白牙，低声呜咽。

但即使是这样的猫，一旦在自家附近安居也会令人觉得可爱。虽然它没有进过田代家，但好像总是会在附近，饿了就一定会出现。而这只黑猫忽然就不见了踪影。

不止这只黑猫，其他的野猫也像是互相通了气一般相继不见了。和田代家隔了几栋房子的某家的猫也突然走失，再也没有回来。田代觉得这果然不是猫自己离开的，应该像传闻说的是被人掠走了。

但是掠猫人好像专门盯着夜行性的猫在夜晚行动，所以大家谁都没见到过。安居在自家的猫忽然不见了，就算是只不怎么好看的半野猫也让人颇为寂寞。而自家养的猫被人掠走，更是会痛苦难过吧。田代失去了一个很好的观察对象。

离开公司之后，坐在书桌前的时间猛然增多了。好在约稿的数量在增加，田代也因此有更多的机会将目光投向窗外的景色。

有时他会忘我地埋头写作，待抬起头来时发现窗外夜色已深，灯光也早稀稀疏疏地亮了起来。在写出好稿子的时候虽然很累，但也很充实。这时在黑夜中看到的稀疏灯光仿佛在朝他温柔地眨眼。

深夜里还亮着灯光的地方基本上就是那几处。那几家的居民可能和田代一样，生活的轴心都放在夜里吧。

田代还是公司职员的时候，生活是比较规律的，白天上班，晚上就寝。可一旦成为自由之身，就会不知不觉睡得很晚。田代对深夜里还亮着灯的人家感到一种同志般的亲近。

其中有一户每天都凌晨一点熄灯的人家。虽然睡得晚，但却很有规律。说不定那户人家也透过窗户眺望着田代家的灯光吧。

田代在散步的时候确认了一下那户人家的名牌，得知主人姓川北。

只是有一次，刚好是某个周日，田代凑巧经过川北家门前时，看到一个五十来岁的男人抱着一只虎纹的猫从玄关走出来。

他往田代的方向瞅了一眼，但马上就从门柱旁的邮箱里取出信件回了屋。虽然只是匆匆一瞥，但田代觉得他是个忠诚老实的男人。

肯定是把公司里的工作带回家来，每天都辛辛苦苦地忙到深夜吧。田代好不容易才忍住想要和同志打招呼的冲动。

熄灯时间千篇一律的川北家，最近的熄灯时间却有些不规律。即使到了该关灯的时间，川北家的窗口依然亮着灯。有时田代都上床了，却很是在意川北家的窗户而难以入眠。他好几次返回书房去看川北家的窗户，还是点着灯。结果当天晚上那盏灯就这么一直亮着。

但有时又会整晚都关着窗户，里面很昏暗；有时即使开了灯又会早早地关了。看来川北家的生活变得有些紊乱。

川北家生活的紊乱也影响到了田代。眺望的固定窗户那边产生的变化在田代的内心激起了扰乱湖水的波纹。原本无论从窗口能看到的、毫无关系的他人的生活发生什么样的变化，只要当作是行云流水的日常般置之不问即可，但现在的田代却非常在意。

田代开始在散步的时候特别注意川北家的动静。但只是从外面来看的话，似乎没有任何变化。邮箱里的报纸和邮件都会被按时取走，阳台上也会晒出衣物，门前的清扫也很彻底。从这些规律的生活细节当中，可以看出主人一丝不苟的性格。

田代总算稍微放心了，可川北家的熄灯时间依旧很不规律。

几天后，他又散步经过川北家门前，发现旁边那家周围搭起了脚手架，整栋房子都被青色的厚苫布盖了起来。苫布的下摆被大蛇般的软管固定在地上。空气中弥漫着一股奇怪的味道。

田代对正在施工的作业人员询问这是什么工事，作业人员回答道："是在灭白蚁。把建筑物全体密封起来熏蒸。"

"出现白蚁了吗？"

田代也听过白蚁的恐怖。一旦被白蚁缠上了，整栋房子都会被啃得乱七八糟，最糟糕的情况还可能发生坍塌。

田代问："熏蒸药剂不是对人和动物有害吗？"

"请不用担心，在降到安全浓度之前我们是不会向大气中排放的。药剂也是采取低毒性的，对动物和人几乎无害。"作业人员的回答像是在读说明手册。

但是刁钻就刁钻在低毒性这个问题上。就算浓度低也还是有毒的，而且所谓安全浓度到底是以什么为标准的？降到安全浓度之前药剂绝对不会泄漏到大气当中吗？

而且现在空气当中就弥漫着一种气味，闻到这个气味头就感觉隐隐有些痛。邻居们肯定会觉得困扰吧。可是如果放任白蚁不管任其繁殖，其危害甚至会扩大，说不定周围的人家也已经有白蚁了。

田代也看出就算再问作业人员什么问题，也只会得到说明书似的答案，便离开了。

在这一天的散步途中，田代看到了令人不快的东西。那是落在路边的一只死乌鸦,而且看上去像是刚死不久。

田代怀疑乌鸦是因消灭白蚁的熏蒸药剂中毒而死的。

说不定川北家熄灯时间的混乱也是因为受到了隔壁消除白蚁作业的影响。不,不可能。熏蒸作业两三天就结束了,而熄灯时间的混乱从半个月之前就开始了。川北家的混乱肯定另有原因。

田代忽然变得非常不安。

3

在都下八王子市的一角,高尾山的山脚描绘出蜿蜒曲折的线条,一直延伸到市区。就在山与城区的交接处出现了建设机械,进行着营造住宅用地的工事。

都市化的浪潮席卷了东京和邻县边境这道最后的防线。无论怎么感叹开发造成的自然破坏,创造出物质文明的正是发出感叹的人自己。无论人们再怎么呼吁防止破坏自然和公害,但没有了支撑交通工具、电力、煤气、水道、通信等现代化服务的高科技,人类就无法生活下去了,所以从一开始就能看出这场战斗的结局。

再过不久,这块地皮上就会建起高高低低的住宅楼,原本和这块土地毫无因缘的人们将从四面八方聚集而来,开始生活。

在这块地皮的角落里有一个临时的工作小屋,是用来存放作业道具、工作人员的私人物品等地方。这间小屋不会上锁,没有人会去偷屋里的东西。

五月二十二日上午七点左右,第一个到达工地的工作人员正准备从小屋里拿出被称为"猫"的独轮车,去推门时,门好像被什么东西堵住了无法完全打开。工作人员觉得很奇怪，明明昨晚回去之前没有什么东西放在会堵住门的地方。

说不定是有什么放在固定位置的工具倒下，堵住了门吧。工作人员只好强行推开门，进入了临时小屋。

有人躺在地上。工作人员一瞬间还以为是流浪汉进来过夜，但突然反应过来在这种城市边缘的住宅地皮上不可能有流浪汉。

躺在地上的人一动不动。工作人员终于注意到了异常。他借着从门缝间透过的昏暗光线，发现地上的男人毫无生气。

"喂！你怎么了！"

工作人员慎重起见先问了一句，正要伸出的手却停在了半空。他看见男人的脖子上缠着蛇一样的细绳。他马上掏出手机打了一一〇。

八王子警署接到一一〇的紧急通报，值班的刑事课员马上赶往现场，同时还给刑事课长和搜查员的家里打了电话，紧急召集他们赶往现场。

这天早上刚好是八王子警署的刑事课员池龟当班，他在案发现场和从自家赶来的增成会合了。

"早饭现在还在我胃里没消化呢。我正准备吃早饭的时候就听到电话响了，结果没时间吃只好囫囵吞枣咽了下去。"增成抱怨着。

"能吃上早饭已经很好了。我可是只洗了把脸就冲出来了。"

"池龟，你那是洗过的脸吗？眼睑上还挂着眼屎呢。"增成嘲笑道。

现场是八王子市原八王子町西北端，城山城址山脚下建造的住宅地皮上的工作小屋。近年来很多地方都在开发，周边也有市营的大型住宅区和住宅分销地。就连没有小汽车就不方便出行的偏远地区都被毫不留情的开发浪潮冲击了。

现场拉起了禁止进入的横条，过来上班的工作人员在建筑机械旁站着，无事可做，只能略显不满地看着警方做现场调查。

死者是五十岁左右的男性，看得出平日的营养令他稍显肥胖。身穿浅驼色的裤子、细竖纹的衬衣，披着暗红色的丝绸防寒夹克，脚上穿着轻便舒适的莫卡辛靴子。

死者头部和身体各处有被钝器击打形成的挫伤，颈部缠着红、白、青、黄色相间的扁平细绳，如同可怕的斑点蛇一般。另外还有一处被头发盖住的头部挫伤，头皮破损出血，头盖骨好像都凹陷了。看来凶手是用钝器痛殴了受害者之后，用细绳缠住脖子致其死亡的。

防寒夹克上写着"大见"的名字，身上的钱包里有五万左右的现金和写着"武藏原市议会议员大见等"字样的名片。看来凶手没有想要隐瞒受害者身份的意思。而且从钱包没有被拿走这点来看，犯罪目的也并非金钱。

解剖尸体后发现，死因是细绳绕颈一周用力勒紧，令呼吸道关闭所造成的窒息。头部有钝器击打造成的头盖骨凹陷骨折，面部、肩部、胸部都有挫伤，右臂有防御造成的伤痕。

死亡推定时间是五月二十一日晚上十一点之后的两个小时。另外，大见的衣服上还有十来只死去的草蜻蛉。

观察尸体并搜查现场的池龟忽然惊讶地说："快看，有死猫！"

"死猫？"

增成等其他八王子警署的搜查员都朝池龟那边看去。

之前大家光注意尸体了所以没有发现，在小屋的角落里有一辆作业用的独轮车，装货台面里躺着一只死猫，还是虎纹的成年猫。独轮车被工作人员们称为"猫"，所以就变成了"猫"上躺着猫的尸体。

这只猫应是家养的，戴着项圈，可上面没有写住所和名字。猫的尸体上也有二十多只草蜻蛉。

"应该是刚死不久。"看过猫的尸体后，增成说道。在五月下旬如此温暖的天气里，晴朗的白天气温偏高，但猫的尸体还没有开始腐烂。

"增成，说不定这只猫是和受害人一起被遗弃的。"池龟说。

"什么？"增成吃惊地看向池龟，"为什么这么想？"

"只是一种可能性。或许是猫自己进入工作小屋后死的，只不过我认为同时还有可能是被凶手遗弃在这里的。"

"我就是想问，为什么凶手要把猫的尸体和被害者的尸体放在一起？"

"现在可以看到尸体上有抵抗的痕迹，那么受害者有可能是在其他地方被杀害后搬运到这里来的。也就是说，凶手开车将尸体搬过来的可能性很大。如果在凶手没有察觉的时候，有一只猫钻进车里死掉了，会怎么样？"

"原来如此。不过猫能够进入车里吗？"

"我觉得很有可能。车里对猫来说可是很舒服的。临死的猫跟跟跄跄地走过来，看到有辆车的窗户开着的话，会觉得是个绝好的死地便钻进去。"

"是这样。确实有这种可能。"

增成也逐渐倾向于池龟的意见了。

猫的死尸被作为现场的重要资料或凶手的遗留物被保存了起来。

到达现场的八王子警署搜查员认定这起案件为杀人事件，联络了警视厅搜查一课。

根据大见等的夫人确认，尸体确实是他本人。大见等，五十三岁，武藏原市议会的议员，是以他妻子名义创立的企业"大见土建"的实际经营者。

随着对受害者身份调查的推进，得知他还是警察厅指定广域暴力团一诚会旗下黑江一家的干部，这让搜查员们紧张起来。

大见曾经因催债时犯了恐吓罪，在府中监狱服刑一年半。警察怀疑杀人动机和暴力团有关。

受害者在武藏原市议会里，是由十一名议员组成、被称为"锦花会"的派系的领袖，相当于武藏原市议会中的头目。

武藏原市议会共有三十六个法定议席，二十六个市议席，在革新市长下还有社民、共产、公明等十三名执政党方面的议员，无党派议员也是大见派，而且大见率领的锦花会实际上是议会的支配者。

以大见为首，本地的二十一家建筑公司组成了二十一世纪开发协议会，市里的公共建设项目基本上都是由该协议会的成员来承建的。

在革新市政当中，暴力团成员作为市议会议员掌握主导权看似是无法想象的，但第三任市长为永是义却是保守派的。他在之前的都议会时期还支持了保守派知事。

因住宅地化的推进而迁移过来的大量新居民对市政不关心的态度，暗地里助长了大见对市议会的操纵。

新居民的职场和意识都放在都心，无论谁成为市长、谁掌握着市政的实权，似乎都和他们毫无关系。

随着受害者的身世背景逐渐浮出水面,搜查员们预感到这个事件背后肯定有盘根错节的线索。

4

大见等凶杀案被媒体大肆报道,看来,暴力团成员兼现役市议会议员被杀害的事件成功吸引了媒体的关注。

一开始田代对这些报告丝毫不感兴趣。他自己虽然也是武藏原市民,但对市政几乎是毫不关心的。

虽然他搬到武藏原市已经十年有余,却从没参加过市长和市议会议员的选举投票。他还是通过报道才第一次知道有一个叫大见的市议会议员。

市议会议员被杀害了,即使那个议员是市政的头目,田代也觉得和自己的生活毫不相关。

但是就在事件被报道不久之后,窗外的夜景就发生了变化。

川北家的窗户连夜没有一丝光亮。这段时间虽然关灯时间变得不规律了,但还没有一次完全不开灯的情况。虽然田代没有一整晚都醒着监视川北家,但还是发现,即使有时会整晚不开灯,到了第二天夜里一定会有光亮。也就是说川北家没有连续两天都不开灯的情况发生。可是现在,川北家的窗户连夜紧紧关闭着,感觉不到有人居住。

田代十分在意,在散步时会察看川北家的情况,但邮箱总是空的,弄不清楚家里到底有没有人。不仅如此,连猫叫声都听不见了。

田代有一种装作拜访者去按门铃的冲动,但他拼命忍住了。他努力说服自己，人家可能是出门旅游了。

可是当田代注意到川北家窗户的灯光开始消失的时间刚好是大见等被杀害后的第二三天时，他不由得怀疑这两件事之间是否有所关联。

田代将自己的想法告诉妻子后，妻子露出一副受不了的表情说："你想太多了。川北家的窗户看不到灯光了怎么会和杀人事件有关系？窗户的灯光根本就是随着那户人家的情况来决定开或不开的。说不定是那扇窗户的房间没电了，或者是不再用那个房间了。再说，从窗户看别人家的灯消失一两盏又和我们有什么关系！"

妻子说得确实有道理。肯定是自己想太多了。明明自己应该观察的是自然，结果好像搞错观察对象了。

但是从那之后，这个念头就占据了田代的脑子，无论如何都挥散不去。

田代开始收集事件发生时自己没怎么在意的相关报道。某个周刊上报道说，在犯罪现场有一只死猫与受害者的尸体同时被发现了。看到这个报道的田代，久久不能移开双眼。

田代想起在散步途中经过川北家时，曾看到川北抱着猫从玄关出来。虽然周刊上并没有说明猫的"身份"和它为什么会出现在犯罪现场，但如果那只猫就是川北家养的猫的话，能说明什么呢？

田代这次没有把自己的想法告诉妻子。如果告诉妻子的话，她肯定又会说是自己想太多而一笑了之吧。

但是，如果这个假设成立，即与受害者一同被发现的死猫确实是川北家养的猫的话，那么受害者应该和川北有所关联。通过猫这个接点，能够将两人连起来。

不记得是哪本书上写过，东京大约有二十二万只狗，猫的数量虽然不明确，但至少有狗的两倍以上。

在东京四十多万只猫当中，为了确定和受害者一起被发现的猫就是川北家养的猫，就需要饲主来进行确认。田代不由得被一个想法揪住了——他想让川北确认那只猫的尸骸。

田代自己也觉得这太荒唐了，正如妻子说过的那样，"这和我们一点关系都没有"。

但是这对田代而言已经不是毫无关系的事情了。他从窗户看到的风景已经成为他生活中不可或缺的一部分了。

某个诗人曾经说过，在没有窗户的房间是无法吟咏出诗歌的。田代也觉得，如果自己失去了窗外的风景，恐怕会变得无法写作。就算写出了东西，也会是和原来完全不同的。

如果这只猫真的是川北养的猫，那么川北应该在找它。如果没找的话，就说明川北知道猫去了哪儿，也就有可能和事件相关。

田代下定决心要去见一见川北，然而地区电话簿上却没有川北家的电话号码，这说明这家人不想公开自己的电话号码。

于是田代在散步途中去川北家拜访，可无论怎么按门铃都没有人出来应答。就在田代徒然地连续按了好几次之后，旁边屋里出来了个看似家庭主妇的中年妇女。就是之前熏蒸白蚁的那家屋子。

田代便问她："请问川北先生不在家吗？"

主妇回答说："川北先生已经搬走了。"

"搬走了……搬到哪儿去了呢？"

"这我就不清楚了。他走得很突然，我们也很惊讶呢。"

"请问川北先生在这里住了多久呢？"

"有十来年了吧。在我们来之前他就在这儿了。"

"那他是什么时候搬走的呢?"

主妇回忆了一下说:"这个嘛……差不多是半个月前吧。"

"五月二十二日左右?"田代说出了杀人事件发生的日期。

"是的是的,差不多就是那个时候。不是有个市议会议员被杀了?就在那两三天之后。"

如果田代的假设正确的话,那么主妇的记忆就没有出错。

"川北先生家还养了猫吧?"

"啊,你说维纳斯啊。他说,维纳斯已经十六岁了呢。"

"那只猫叫维纳斯啊。维纳斯是不是在川北先生搬家前不见了,川北先生在找它?"

"啊,你这么说的话,他搬家前好像是说维纳斯不见了,还到处找过呢。你为什么要问这些事情呢?"主妇终于觉得田代有点可疑了。

"啊,其实我看到了一只猫,和川北先生的猫长得很像。"田代不经意地搪塞了主妇的问题。

田代的疑虑像棉花团一样迅速膨胀起来。在大见凶杀案后的两三天,川北就突然搬家了。离开住了十多年的熟悉的土地和房子,也不告知邻居们去往何处,仿佛连夜出逃一般突然搬家,这怎么想都不正常。这栋房子和这块土地好像还没有新的买家,居民注册恐怕也没有移动吧。

现在除了特别利益关系人以外,其他人无权申请查看别人的居民卡和户口复印件。去管辖区的登记所倒是可能查到川北家房屋和土地的权利关系,但田代不熟悉这方面的事。而且田代觉得,没有搜查权的人窥探川北的私人权利是越权的，是对个人隐私的侵犯。

警方好像在怀疑暴力团的幕后关系，但川北身边并没有暴力团出没的迹象。田代感觉杀害大见的凶手不是暴力团成员。

在后来散步的途中，田代又和川北家隔壁的主妇打过几次照面，渐渐混熟了。一开始觉得他很可疑的主妇，在得知田代是附近的居民之后也逐渐放下了戒心，交谈也融洽起来。这时，田代从主妇那儿听到了一个意外的情报。

有一次田代若无其事地打探起川北的职业，主妇说："听说他是市政府的一位课长。这之前我们家熏蒸白蚁的时候，作业人员都是川北先生介绍的呢。"

田代这时觉得终于找到了川北和大见的关联。

据说被杀的大见是市议会议员，也是市政的头目。而川北是市政府的课长，事件发生之后就马上搬家不见了。

田代确信，如果同大见一起被发现的那只猫就是川北家的猫的话，那么两者就绝对是有关联的。

根据从邻家主妇那儿获得的情报，田代向市政府询问有关川北的事情。结果田代得到了更加意外的信息。接电话的职员用非常事务性的口吻告诉他说，川北已经辞职了。

"辞职？为什么？"田代反问道。

"具体情况我们也不清楚，总之就说是出于个人原因。"职员的回答非常冷淡。

田代不放弃地追问："那川北课长曾经担任什么部门的课长呢？"

对方反问道："请问你是哪位？"

"川北课长以前曾经给我介绍过驱除白蚁的公司。"

"他以前是建设课长。"对方用过去式回答。

"建设课长的话,在课长职位当中应该是很重要的吧。"

"你不是找他给介绍的作业公司吗?连他的职位都不知道?"

"我只是从朋友那儿听说了他是课长而已。那你知道川北先生的新工作吗?"

"已经辞职的人的事情,我们不太清楚。"对方的态度很是冷淡,应该是开始感到厌烦了吧。田代知道该就此打住了。

田代有这么一种预感。川北和大见被杀有所关联,并且像连夜出逃般忽然搬走了,那么应该不会还在同一个地方工作,否则就没有逃跑的意义了。因为个人原因就辞去市政府课长一职也很异常。

田代确信自己的假设是正确的,但这到底还只是假设,无法公开发表。

在那之后也没有关于搜查进展的新报道。不知道警察是会怀疑这起事件和川北的"夜逃"之间的关联性,或者还是在追查暴力团的幕后关系呢?田代觉得就算把自己的发现和假设告诉警察,也只会被一笑置之。

5

在对大见等周边进行搜查的同时,警方也逐渐发现了与他有关的市政建设的黑幕。

他是警察厅指定暴力团伙一诚会旗下黑江一家的干部,其经营的大见土建事实上是黑江一家的资金来源。

他在三十一岁时创立了大见土建,四十二岁时支持现任市长为永是义，成为市长当选背后的第一功臣，得以参与部分市政公共建设工程。在那之后的三届任期中，他加深了为永在市政里的势力，自己也参加市议会议员选举并当选，成为率领十一名市议员的锦花会的领袖，形成了市议会当中最大的一股势力。

在此期间，大见带领二十一家建筑公司结成了名为二十一世纪开发协议会的联合组织，组织内的成员开始独占市里的公共建设事业。

从至今为止的订货清单来看，二十一世纪开发的成员几乎都接受过市政府的订单，如新建幼儿园、改造市民文化馆、老人福祉中心的增建以及修理工程、道路修补工程、桥梁架设工程、供排水工程等。

为了避免没有加入协议会的业者投诉，市里还设立了建筑选定委员会，但这个委员会只是个幌子，将市里相关工程的九成指定给了协议会的成员，分配给成员之外业者的基本上都是附带设施的建设等小型工程。

在这些订单列表当中也有武藏原警察署的改建工程、卫生设备更新工程、电波障碍对策工程等，这让搜查本部的气氛变得更加紧张了。

而且这当中金额最高的九千七百万卫生设备更新工程，最后的中标者是大见的义弟经营的广敷设备工业，这不禁让他们怀疑警察内部也和大见有所勾结。在这之前，武藏原警署虽然怀疑武藏原市政和建筑业者，特别是和大见家族的勾结，但态度一直都非常暧昧。

随着搜查的进行，事件的动机也从暴力团的幕后关系转为整个市政府的结构贪腐。

而且在搜查进行的时候，武藏原市建筑选定委员会原负责人、建设课长川北康治，在四十七岁的年龄忽然辞职，之后便行踪不明。

川北四年前与妻子离婚，但和妻子育有现年二十岁、上大学三年级的长女和十七岁、上高中三年级的长子，两人现在都和他的前妻一起生活。前妻表示不知道川北的去向。据说离婚的原因是性格不合。

在市政府里，川北被称为铁面无私先生。他即使是在建筑选定委员会的工程招标时也公正、公平地对所有投标者进行选定后再向上申报，但市长却总是使用特权，以政治考量为借口无视川北的申报，将有利可图的工程指派给大见家族和协议会的成员。

搜查本部认为川北的突然辞职和去向不明与大见案有关，开始将注意力集中到这一点上。

川北辞职后搬了家，现在还不清楚去向，连居民卡也没有变动，简直像是连夜出逃一般，没留下任何线索。这样下去的话，他会变得无法签订新的合同，无法行使所有公民权利，各种保险、资格证及信用卡都会遭到冻结，无法收发邮件，失去通信手段，从而变得无法在社会上生活。

虽然不认为一个人能够长时间忍耐这种状况，但川北还是切断了一切消息。

参加搜查本部的搜查一课警员栋居很担心川北康治的下落。他为什么突然放弃市政府的要职，隐匿了行踪呢？被称为市政府铁面无私先生的他应该没有任何辞职的理由。

而且更重要的是他不仅辞掉工作，还完全不知去向。如今川北家已经是一栋空房子，一样家具和日常用品都看不到，并不像是人遭到绑架的样子。

他还查阅了辖区登记所的登记簿,房屋和土地的所有权并没有转移,依旧是十多年前从不动产公司购入的房屋及土地所有权。只要还过着社会生活,川北总有一天会出现,但不管怎么样,市政府的要职人员突然人间蒸发可是很不正常的。

从至今为止听到的大家对川北的评价来看,他并非一个没有责任心的人。栋居将自己对川北去向的担心告诉了八王子警署的增成。

他和增成、池龟曾多次一起进行搜查,是熟人了。

"栋居觉得川北课长的辞职和搬家与大见事件有关吗?"增成问道。

"我是这么怀疑的,川北课长可能是受到了惊吓。"

"惊吓?"

"川北在市政府可是出了名的铁面无私,对腐败元凶大见而言,川北应该是眼中钉吧。"

"既然铁面无私的话,就算大见被杀也没有必要害怕啊。"

"对大见派而言川北是敌人。川北可能是害怕大见派的人怀疑是他干的,来找他报仇。"

"如果说铁面无私先生可能会遭到大见派的威胁,那有没有可能是川北杀了大见呢?"

"川北不太可能是杀害大见的凶手。不过也有可能是贪污的家伙们反过来怨恨他,又或者是川北知道凶手的一些事情。越是调查就越能发现武藏原市内部的腐败,川北可能是不想被卷入得更深,才选择隐藏起来的吧。只不过,如果只是单纯地躲起来还算好……"

增成察觉到栋居未说出口的话,大吃一惊:"栋居,难道……"

"嗯，我就是担心川北现在是否安全。如果川北知道谁是凶手的话，可能会被灭口。"

"如果川北是害怕被灭口而消失的话，应该会躲在安全的地方吧？"

"凶手有可能比我们更先找出川北的下落。如果凶手和川北有关系的话，川北是无法完全躲开的。"

"听你这么一说，还真是有种不妙的感觉呢。"增成也变得不安起来。

"川北的安危确实令人担心，他和事件有所关联的看法应该是比较妥当的。"

此前，搜查本部并没有将川北放入视野当中。

6

此时，搜查本部收到了一件别人提供的情报，情报提供人是川北失踪前所在地附近的居民，说感觉川北的失踪和大见的事件可能有关联性。

情报说在大见事件发生前后，原本非常有规律的川北家的熄灯时间忽然变得紊乱起来。这让栋居非常感兴趣，因为这刚好和他的想法一致。

于是栋居叫上增成马上去会见这位情报提供者。情报提供者自称田代惠三，询问了和大见同时被发现的那只猫的事情。

栋居反问道："那只猫怎么了？"

"川北也养了猫。"

"川北养猫吗?"

这还是第一次听说。本来搜查范围中就没有纳入川北,更不用提他养的猫了。

"据说是一只成年的虎纹猫。"

栋居和增成不禁互相看了一眼。和大见一起被发现的猫正是成年虎纹猫。

川北养过虎纹猫的情报不可忽视,但虎纹的猫太多了。如果能确认和大见同时被发现的猫就是川北养的猫的话,两者之间的关联性就非常紧密了。

栋居问道:"你知道那只猫是公是母吗?"

田代回答:"不知道。我只是看到过川北抱着虎纹猫,不清楚是公是母。"而且就算知道公母,也无法确认那就是川北养的猫。

"报道上说议员的死因是绞杀,不知道猫的死因是什么?"田代问道。他没看到有关猫死因的报道。

"好像是吃坏了东西才死的。"

"那确认是什么毒药了吗?"

"我们没有鉴定造成猫死亡的毒药。搜查本部的大多数人都认为猫和事件毫无关系。但是如果川北也养过同样的虎纹猫的话,看来得重新调查猫的死因了。"

"请务必调查猫的死因。如果能确认猫的死因,或许能明白什么。"田代坚持道。

虽然这是外行人的看法,但毕竟田代比搜查本部先发现了大见被杀和川北失踪的关联性,栋居和增成还是尊重了田代的意见。

由于已经无法获得饲主的确认,他们只好拿着那只死猫的照片给附近的居民看，请他们进行确认。川北家左右两边的邻居，还有附近的居民都表示它和川北养的猫长得很像。

搜查本部听取了栋居和增成的意见，将猫的死因重新列入搜查范围。

7

正当此时，局面忽然有了进展。六月二十六日下午十点二十分左右，在神奈川县厚木市恩名的一个十字路口，正在骑自行车的无业者川北康治（四十七岁）被伊势原市的塚原俊也驾驶的大型卸土车撞上，当场死亡。

根据厚木警署的调查，塚原是离开建筑工程现场，按照绿灯左转弯时，将骑着自行车横过人行道的川北卷入左后轮，轧到腹部造成其当场死亡。刚好是驾驶席后视镜的死角，后轮把川北的自行车卷了进去。

厚木警署以业务过失致死为由逮捕了塚原。

栋居在听到这个消息之后，顿时觉得晚了一步。他的不安变成了现实。

他怀疑这是为了封住川北的口而伪装的交通事故。川北的死可以说印证了栋居和田代的观点。

栋居在厚木警署有个熟人叫松家。他马上和松家取得了联系。

松家接到栋居的联络后紧张起来。原本以为只是单纯的交通事故，现在却可能和八王子警署的杀人事件有关。

"那我马上去调查一下司机。加害者虽然是不属于任何一家公司、一个人单干的卸土车司机，但可能和你那边案子的受害者有什么关系。不过这位加害者没有前科。"松家承诺会提供帮助。

按照搜查本部目前为止的调查，都没有在大见等周边发现名叫塚原俊也的人物，但是若从塚原那边下手的话，或许能找出他与大见的关联。

根据厚木警署的调查，一个月前，由于厚木车站前不动产公司的周旋，川北在该市的公寓入住。他从武藏原市"夜逃"出来后，连假名都没有使用就直接住进了厚木市区内的公寓。他也没有迁移居民卡，看来只是打算暂住一段时间。

可如果川北因为大见被杀而感到害怕才逃出来的话，凶手又是如何找到川北下落的呢？

厚木警署并没有查出塚原和大见之间有所关联，警署里的大部分人都认为川北的交通事故和大见凶杀案无关，但松家却认为司机是从工程现场回去的路上发生事故的这个陈述有问题。

厚木市内的工程现场作业在下午六点就结束了，距事故发生还有大约四个小时的空白。

对于松家的这种疑问，塚原回答说是因为善后收拾等事耽误了，可从工程现场到事故现场开车的话最多只要几分钟，善后收拾要花那么多的时间吗？

而且工作人员都按时离开了工程现场，最后留下来收拾的只有塚原一人。

向工作人员打听这事，工作人员说："善后收拾哪有那么多事啊。只要把机械停在固定的位置，将小件工具收到临时小屋里，再就是锁上入口不让人进去就可以了。都花不了三十分钟。"

松家继续追问塚原，塚原声称："工作人员和卸土车的司机还有建设机械的操作人员的工作是很不一样的。我们要在工作之后保养汽车和机械。我是因为汽车出了点问题才多花了不少时间的。这也算善后收拾的一部分。"

当天其他建设机械的操作人员都在规定时间离开了。

松家依靠经验锻炼出来的敏锐嗅觉，察觉到这里面必有蹊跷。

8

田代看到川北在厚木市因交通事故死亡的新闻时深受打击，同时也确信，自己的假设是正确的。

川北知道凶手的秘密，遭到了灭口。从田代书房窗户眺望过的川北家已经失去了主人，灯可能不会再次点亮了吧。

虽说川北有两个孩子，他们应该会继承川北留下来的房子，但不一定会住在这里。总有一天会有人从继承人那儿转让得来或租借来的房子并入住，但最近一段时间内，那扇窗户的灯都不会点亮吧。

田代很喜欢每晚从书房的窗户眺望温柔闪烁的灯光，但当看到川北家时，那里都只有沉重的黑暗。这让田代十分落寞。凶手破坏了田代窗外风景和平的构图。

现在可以确定，是同一个人在杀害大见之后又杀了川北，但警察并不一定都这么看。

栋居他们虽然和田代的意见相同，可还是无法动摇本部的搜查方针。这让田代十分焦躁。

不知道有关猫的死因分析得如何了。田代虽然非常在意这件事，但可能由于这是搜查机密,警方并没有告知他。

就算能够确定是哪种毒药,那又如何与凶手联系到一起呢?就算能够确认那只猫是川北养的猫,也不会被断定为是凶手的"遗留物"。

就算那是凶手的"遗留物",那么凶手又为什么将猫的尸体和大见丢弃在一起呢?

田代还是每天出去散步,只要天气不是太恶劣,依旧会按照固定的路线转一圈。若心情好,说不定一天里会转上两三圈。他也和散步路线上的居民混了个脸熟,和他点头致意的人越来越多。

每天清晨和傍晚都有不少人牵着家里的狗出来散步,比起主人,田代更能记住狗,对主人则会默默行礼。虽然很少有人带猫出来散步,但也可以明显看出猫的数量比狗少了很多。好像非法掠猫人还在暗地里活动。

田代的散步路线上会有几只喜欢亲近他的野猫,现在也完全见不到了。一想到沿途的可爱动物都被掠猫人给抓走了,田代就非常气愤。没有猫的散步路线让他感觉缺少了非常重要的东西。野猫是街头巷尾不可或缺的风景。

就算有人捕捉、收集野猫,也没有制裁这种行为的相关法律,掠猫人依旧在破坏着城市里的风景线。

在田代散步的低谷边,有一块土地长出了木天蓼。正好是夹在田代家和川北家之间的低谷。

田代就这样一边观察自然一边散步,在初夏缓步到来的时节,他不经意发现了草蜻蛉围绕在木天蓼附近的场景。去年夏天还有很多猫聚集在这丛木天蓼里,田代也亲眼看到过那种大集会的场面,而最近都看不见猫了，只有草蜻蛉围在一起。

猫喜欢木天蓼是众所周知的，而且木天蓼具有一种能够同时吸引猫和草蜻蛉的物质。

田代对这一点很感兴趣，便去查找了文献。他发现一部文献上记载着，木天蓼中含有一种物质，这种物质最初是作为蚂蚁的毒素被人们发现的，这种毒素会让猫神志不清，而且这种物质的化学结构和能够强烈引诱草蜻蛉的某种物质很相似。这种物质被大阪市立大学的科研团队命名为 Matatabilactone 和 Actinidin，其中特别是 Matatabilactone 会让猫产生强烈反应。

有研究结果表明，这种 Matatabilactone 中含有某种蚂蚁分泌的毒素。而且，聚集到木天蓼周边的草蜻蛉都是雄性。

在查找文献后，发现本来看上去毫无关系的猫与草蜻蛉居然都喜欢木天蓼。而当自己具备这个知识之后再去观赏木天蓼，就会觉得别有风趣。

而今年，木天蓼周围却只有草蜻蛉聚过来，不见猫的影子。掠猫人留下的伤痕都扩散到这里了。

就在这定期的散步过程中，田代发现这些野生的木天蓼时而会被人收割。有人喜欢拿盐拌木天蓼当作下酒小菜。但是木天蓼看上去只是毫无特色的路边杂草，外行人拿盐拌成菜也不会觉得好吃。

田代不禁联想到，收割这些木天蓼的人会不会就是在这附近非法掠猫的人？掠猫人能分辨出木天蓼，也应该很清楚木天蓼对猫的作用。

某天早晨，田代一边斜视着那丛木天蓼一边散步，在草丛的根部发现了一张掉落的纸片，上面印着源平大学附属太空动物研究所的字样，和在神奈川县厚木市的地址。为什么大学附属研究所的名片会掉在木天蓼丛里呢？

名片还很新，看来应该是最近才被遗忘在这儿的。要么是被风从其他地方吹过来的，不过应该不会是很远的地方。

田代捡起名片，刚想扔到附近的垃圾堆，手伸到半空中却忽然停住了。他想起传闻中说有大学的研究所收买掠猫人掠来的猫。

这张名片说不定是掠猫人落下的，或者掠猫人受到大学研究所的委托在收割木天蓼。田代决定把名片保留下来。

9

搜查陷入困境，迟迟没有进展。

警方没有发现大见等和塚原俊也之间有任何联系。厚木警署也已经认定交通事故与大见事件没有关系。塚原和川北之间在事故发生前也没有过接触。

警方排除了大见事件背后的暴力团因素。现在并没有发生会让大见被杀的暴力团之间的纷争，而且在大见所属的暴力团内部，大见作为支撑黑江一家的摇钱树，是不可或缺的人才。因此完全找不到大见被杀的理由。那么剩下的可能性，就是他与市政的勾结了。

大见是支援现任市长最大的一股势力，掌控着为永市政的命脉。他作为市议会多数派的领袖，君临武藏原市议会；市政府部长级别八人中的五人，课长级别四十一人中的二十九人都是本地人，都听从大见的安排。

随着东京都近郊住宅地化的推进，为了躲避新迁来的居民的批判之声，掩盖市里的公共事业几乎都由大见家族中标这一事实，市政府内还建立了建筑业者选定委员会，但其成员大半都是大见派的人。

即使在建筑业者选定委员会上选中了大见家族之外的公司，最终也还是会在接受大见的检阅后，换成大见派的人。

虽然警视厅搜查二课已经开始追究武藏原市的结构性腐败问题，但反对大见派还是很难被当成是杀人事件的动机。原本对市政毫不关心的新居民越是增加，也就越会形成对为永市政的压力。

好不容易在居民间产生并积累了对大见掌控下的为永市政的批判与不满，但若直接将其与杀害大见的动机联系起来还是过于鲁莽了。而且从市政府正义派和市民的意志出发，杀人和净化市政是完全不同的。

警方不认为在正义派和新市民当中会有人为了排除大见而冒如此大的风险杀人。况且就算排除了大见一人，武藏原市的结构性腐败也是不会改变的。

正好在这个时候，对致猫丧命的毒物的分析终于出结果了。

那是氯丹和氯萘两类低毒性的物质，对人类而言基本无害，但是对猫鼠等小型动物而言，有可能会在它们身体状况不好时产生致死的效果。那么猫到底是在哪儿接触到这两种物质的呢？大见的尸体上并没有检查出这两种物质。

搜查本部咨询过专家后得知，这两种物质现在作为除蚁剂使用。好不容易找出猫的死因，但看似和大见没有什么关系。在发现尸体的现场周边地区没有迹象表明，事件前后使用过除蚁剂。现场附近倒是栖息着不少草蜻蛉。

栋居的想法与田代的情报不谋而合，所以还要考虑猫是在川北家附近接触到这两种物质的可能性。猫的行动范围并不大，据说将狩猎范围考虑在内最多也就是三五百米。

如果死猫是川北家养的猫，那它不可能自己跑到离川北家很远的八王子市的山中。也就是说，死猫被搬运大见尸体的汽车一起带到现场的可能性很大。

栋居和增成又去了川北家附近打听，得知事发前两天，川北家隔壁在熏蒸白蚁。隔壁的山本家中发现了白蚁，于是便拜托业者花了两天时间进行了驱除作业。

驱除工作首先是将药物喷到房屋的建筑木材上，然后用帆布盖住整个建筑物，以每个立方米三十五至五十克的浓度，在二十五度以上的环境中用溴甲烷进行二十四小时的熏蒸。

此时，喷洒在木材上的药物主要组成部分就是氯丹和氯萘。熏蒸剂中含有有毒气体，所以在达成驱除目的后要用吸收装置将残留的气体吸收掉，然后在气体降到安全浓度（500ppm）以下时才能向大气排放。

于是他们推测，猫是在驱除白蚁作业途中钻入了帆布下，从而吸进了氯丹和氯萘。

虽然因为饲主死亡无法确认猫的来历，但死猫是川北养的猫的可能性已经非常大了。

这样一来，就应该是猫在接触毒物后，随着凶手的车被一起带到了现场。但是不知道猫是在凶手不知道的情况下进入车内的，还是死后才被装上去的。

如果是后者的话，就会产生凶手为什么要把猫的尸体装到车上去的疑问。他们想不到凶手将死猫和受害者一同运到现场的必然性。无论如何，猫的死因分析还是拉近了受害者与川北康治的距离。

10

田代非常在意散步途中于木天蓼丛中发现的名片，最终还是给名片上显示的厚木市源平大学附属太空动物研究所打去了电话。

"我是从朋友那得知贵研究所的，你们在收集实验动物吗？"田代试探道。

"请问你是？"

"其实我们家养了猫，生下了一大窝小猫，可我却要调动工作了，正发愁应该怎么办。我们又不能扔了，所以就想拜托朋友帮忙收养，结果听说贵研究所可以作为实验动物收下。"

"我们的医学用实验动物都是从业者那里购买的，不会从普通民众那儿收。"对方的回答十分机械。

"我的朋友就是向你们缴纳动物的业者。"

"业者？实验动物一般分成鼠和猫两大类，请问你朋友是哪一类的？"

"是猫。"

"我们没有饲养猫，都是委托业者猎集。那请问是哪位业者呢？"

"猎……集？"

"就是从事捕捉的业者。"

田代信口开河地说出了脑海里能想到的一个名字："武藏原市的川北先生。"

"武藏原市没有叫川北的业者啊。"

"那有没有叫大见的业者?大小的大,看见的见。"

"也没有。"对方的声音忽然变得冷淡起来,可能是有对动物保护组织的戒心吧。

虽然没有弄清猎集业者的姓名,但至少确认了有这种从业人员的存在。说有业者收集猫然后卖给大学研究机关的传闻看来不是空穴来风。田代颇为满意自己取得的成果。

田代将川北养的猫的尸体和大见的尸体一同被发现一事,和捕猫业者联系在一起思考。为什么川北的猫会和大见的尸体在一起呢?如果猫是杀害大见的凶手遗留下来的话,那猫又为什么会接近凶手呢?

苦苦思索的田代忽然想到某个可能性,不禁大惊失色。

有没有可能是被业者追逐的猫走投无路,才逃进了凶手的车里呢?那辆车上装着大见的尸体,被业者下了毒的猫在凶手的车内死亡。这么想的话,大见和猫就能联系起来。

11

栋居的想法在搜查本部掀起了不小的波澜。当然,也有人提出反对意见。

"就算从猫的尸体当中检测出白蚁驱除剂,也不能说受害者就和川北有关系。就算川北邻居家在受害者死亡推测时间前后进行了驱除白蚁的工作,猫还是有可能在其他场所接触到驱除剂的。再说了,现在还没确定那只猫就是川北养的猫。如果猫和川北完全无关的话,那么从猫尸体里检测出来的驱除剂也不是川北邻居家使用的驱除剂。"

"虽然无法让已经死亡的饲主确认,但通过对附近居民的询问,基本上可以确定这只猫就是川北的猫。这么一来,从猫的行动范围来看,应该可以推测凶手到过川北家附近。"

"那假设凶手去过川北家附近好了,这又能和查明凶手的身份有什么关系?有可能凶手只是偶然路过了川北家附近而已,只不过让猫中毒的物质和川北家邻居在驱逐白蚁时使用的药剂是同一种,这还无法成为确定凶手的材料。"

确实如反对意见所说,毒物只是缩短了大见与川北的距离,并无法和搜查凶手联系起来。

但是栋居却相信,自己并没有弄错追捕方向。虽然还无法进行合理的说明,但经验培养出来的嗅觉让他在追踪的道路上嗅到了浓浓的凶手的气味。

正在此时,田代又给他提供了新的情报。

"我在想,有没有可能被猎集业者逼得无路可逃的猫钻进了凶手的车里。如果是这样的话,那么猎集业者就有可能看到了凶手的车子。源平大学的研究所承认,会从猎集业者那儿购买作为实验动物的猫。如果警方能向研究所询问武藏原市区的猎集业者的话,说不定能问出业者的名字。"

田代的情报又给了栋居一个全新的视角。

嫌疑人虽然处在栋居他们的视野中,却巧妙地躲在盲点里。向山本家介绍驱除白蚁业者的正是川北。川北和那家业者有所关联,而他们却没有调查那家驱蚁业者和大见的关系。

驱蚁业者之前都不是搜查对象，但和川北有关系的业者很可能也和大见有关系。

如果白蚁驱逐业者是嫌疑人的话，那么一同坐在车上的猫无论是什么时候、在哪里都能接触到驱除剂了。猫并不一定要钻进山本家的作业现场也能接触到驱除剂。

警方查出了白蚁驱逐业者的名字。

另一方面，根据田代提供的情报，警方也联系了厚木市源平大学附属太空动物研究所，得到了住在武藏原市的猎集业者的名字——狩野源一。

在和警方会面时，源平大学附属太空动物研究所未能就业者的名字保密。虽然不是非法的，但研究所从民间业者处收获实验动物（特别是猫)，也还是会让他们觉得心中有愧。

如果研究所方面得知，在买来的猫中混有宠物猫的话，有可能会构成犯罪。

于是警方又找来武藏原市内的猎集业者狩野源一进行询问。被警察传唤的狩野十分惊愕，不禁颤抖着承认自己设下圈套、用从木天蓼中提取出的乙醚迷昏猫，靠此办法抓到了不少猫，并以一只一千元的价格卖给了研究所。

虽然他声明自己没有对宠物猫下手，但在他掠猫的地区确实发生过宠物猫消失不见的情况。如果狩野是在知情的前提下仍进行捕捉的话，盗窃罪或其他相关的罪名就会成立。

但搜查本部的目的并不在此。他们希望确定的是狩野在大见凶杀案当晚有没有在川北家附近掠猫，以及在掠猫行动中是否目击到了可疑的车辆。

"你可以好好回想。你身上可是有明知是家猫还捕捉并卖给研究所的嫌疑。不过比起这件事,还有更严重的事情,就是当晚在你掠猫的场所附近有人被杀了。如果你对这件事知情不报的话,就是藏匿罪,更糟糕的情况可能就是——你是杀人凶手的共犯。"

被栋居恫吓的狩野战栗起来,说:"我绝对不是什么共犯。我只是受到大学研究所的委托在收集野猫而已。放任野猫不管的话,它们总有一天会被送到东京都的动物收容设施中杀死。我听说它们可以为医学的研究和发展做出贡献,才给研究所帮忙的。那天夜里,我在盖着帆布的人家附近收集猫的时候,看到附近的空地上停着一辆沃尔沃大篷货车。只记得车牌号有几位是'多摩sa300',后面就不记得了。"

有这些信息就足够了。搜查本部顿时雀跃起来。

他们已经调查到白蚁驱除业者的名字叫小沼贡,并且找出了小沼和大见的关系。

原来小沼在武藏原市经营着水道工程相关的公司"小沼设备工业",在市立中央图书馆的改造工程时得到了建筑业者选定委员会的指名,中标了一千八百万的给排水设备工程。

但是在小沼中标之后,大见却插了一手,将最终的中标者改成了大见的义弟经营的公司。

小沼对此很不满,向委员会提出申诉,却在市政干部眼前遭到大见的打骂。

在那之后,小沼的本业就一直处于关门停业的状态,只好靠做点驱除白蚁的工作勉强度日。

这个建筑业者选定委员会的成员当中有川北。川北批评了大见:"如果最后总是按照大见的意见修改的话,委员会还有什么存在的意义,不就成了大见家族的保护伞了吗?"为此,他还狠狠顶撞了市长及副市长。

随着搜查的推进,警方还发现卸土车司机塚原俊也是小沼贡父亲的堂兄弟。至此,整个事件的人物关系就明了了。

"如果小沼是凶手的话,那么川北应该是小沼的支持者了,不会对小沼产生威胁。这样一来,塚原就没有动机伪装交通事故杀害川北了。"搜查本部当中有一部分人提出这样的疑问。

好不容易得来的工作被大见横刀夺去,还在众目睽睽之下被大见打骂,小沼对大见有个人怨恨。

"现在还不能确定川北是害怕小沼才出逃的,也可能是在大见被杀后害怕幕后的暴力团势力才离开的。川北虽然被称为铁面无私先生,但在整个市政的结构性腐败中也有些失去干劲的感觉。他和妻子离婚后,在漫长的单身生活中渐渐变得没精神没气魄,失去了继续和市政进行毫无胜算的斗争的意志了吧。"

搜查本部对川北周边进行了调查。市政府和一般市民对川北的评价都很好,但是和川北很亲近的一个市政府职员表示:"川北先生自从和夫人离婚后,就感觉渐渐没精神了。不管自己一个人再怎么坚持主张正论,市政的结构也不会改变。即使向市长和副市长呼吁改革,也是竹篮打水一场空。整体氛围就是那样的。他曾经感叹在这种地方无论说什么都没有用,这个市不存在正义。差不多就是那时开始,川北先生就变得很没有精神了。"

回到家中只有猫等着川北,而他也不经常喂食给它吃,附近的邻居都说它成野猫了。川北在市政府遭到孤立,回家后也异常孤独,生活颇为颓废。

"若真是如此，可能受到小沼嘱咐的塚原就没有动机去伪造交通事故杀川北了。再说了，塚原是怎么知道川北的下落的？"

"说不定小沼认为，川北的人间蒸发是出于他察觉到自己是凶手，感到害怕了吧。只要川北还活在世界上，小沼就不能高枕无忧。另一方面，由于川北没有怀疑小沼，所以在失踪后可能告诉了小沼自己的住处。但这些还得问一下小沼本人。总之，现在就断定川北是因为害怕小沼才失踪的，还为时尚早。"栋居这么说。

搜查总部认为小沼贡满足了作为凶手的条件，决定让他自行来警署接受询问。他们先取得了搜查令，检查了小沼的沃尔沃车。看到搜查令的小沼好像受到了不小打击。搜查本部看到资料后更是有了自信，便再次要求小沼自行来警署。

与此同时，因业务上严重过失致死罪被逮捕，现在还被拘留的塚原俊也也作为大见凶杀案的相关人员再次受到了调查。

小沼被要求来到八王子警署搜查本部，负责审讯他的是那须，栋居和增成作为助理也在场。

那须先放低姿态和他打招呼。但是搜查本部的气氛依旧很严厉，虽说是自行前来，但却像是要被逮捕似的。小沼好像感受到了这种气氛，显得十分紧张。

"那么就赶快开始吧。五月二十一日晚上，你在哪里？"那须单刀直入地询问起小沼在犯罪当晚的不在场证明。

"突然被这么一问，我也记不清楚啊。"

"请你务必想起来。当天晚上，你也认识的大见等被杀，五月二十二日早上，其尸体在八王子市区被发现。我想你也知道这个事件吧。"

"和我没有关系。"小沼忽然改变态度。

"你中标的工程被大见夺走,本人还在市政干部面前被他殴打了吧?"

"就算是有这样的事,我也没有杀大见。"

"你现在的情况很严重。我再问一次。五月二十一日晚上十一时左右到第二天上午一点左右,你都在哪里、干了些什么?"

"那天有个外出的工作,工作结束后我就回家,吃完晚饭就睡觉了。"

"外出的工作是在哪儿呢?"

"是市内的顾客,修理漏水的下水道。"小沼说出了地名和公司名。

"你是从工作地点直接回家的吗?"

"直接回家了。"

"几点到家的呢?"

"大约五点半。"

"在那之后没有外出?"

"第二天早上七点半又出门去同一个地方。在那之前一直在家里。"

"那段时间有电话或者访客吗?"

"没有。"

这意味着小沼没有不在场证明。

"真是够了。痛恨大见的人多得去了,他是生是死跟我一点关系都没有。"小沼逐渐冷静下来。

但那须没有理会小沼的话，继续问道："你有一辆沃尔沃大篷货车吧？"

"那又怎么了？"

"事发当晚，有人看到你的车子停在川北家附近的空地上。"

其实警方还没有确认那就是小沼的车，只是他的车型、登录号码等信息，至少有一半是一致的。

"那又怎么了？我的车停在哪儿和这个事件没有关系吧。"

看起来小沼开始反击了，但却上了那须诱导提问的钩。

"你说你五点半从工作地点回到家后，直到第二天早上都没出门，那你的车为什么会在深夜出现在川北家附近的空地上呢？"那须追着不放。

小沼却只是重复了之前的话："我的车停在哪儿和这个事件没有关系。"

"大有关系。川北家养的猫的尸体和大见的尸体一同被发现，从猫的尸体里检测到了你在川北家隔壁驱除白蚁时使用的药剂。"

"那怎么了？白蚁驱除业者可不少，就算从猫的尸体当中检测出白蚁驱除剂，那又和我有什么关系呢？"

小沼不由得冷笑起来。他已经完全恢复过来，被要求来警署的时候那副动摇的模样已经消失不见，脸色也变了。

"你在事件发生两天前，到川北家旁边的屋子做了驱除白蚁的工作，然后在犯罪当晚，你将车子停在川北家附近，被人目击到了。与大见的尸体同时被发现的还有川北养的猫，猫尸体内检测出你驱除白蚁时使用的药剂，那么将猫带到大见陈尸现场的人是你，这不是很自然的推测吗？也就是说，搬运猫和大见尸体的人就是你。"那须一口气逼问道。

"我去山本家进行驱除作业是事件发生前两天。为什么偶然从川北养的猫中检测出来的驱除剂就是我使用的驱除剂呢?现在业者使用的驱除剂基本上都限定是低毒性的药剂,也就是说并不是什么特殊的药剂。再说了,猫可是随处乱钻的。"小沼声张道。

那须看了眼栋居。栋居从那须那儿接过主导权,说道:"在要求你自行来警署的同时,我们申请了搜查令,对你的沃尔沃货车进行了搜查。结果发现了与从川北家猫的尸体中检测出来的一模一样的药剂。"

小沼忍不住笑出声来:"刑警先生,我可是白蚁驱除业者,而且还负责山本家的白蚁驱除作业。发现同样的药剂不是理所应当的吗?"他的口吻中不无嘲讽的味道。

确实,栋居的发言只是重复了那须的话而已。但是栋居沉着冷静地说:"从你车上发现的东西不只是白蚁驱除剂。"说着,他看了眼小沼的脸色。

"不只是驱除剂……"小沼的脸上忽然闪过一丝不安。

"你的车上、大见的衣服上、猫的尸体上都沾有很多草蜻蛉。草蜻蛉是夏天的夜晚聚集在灯光周围的昆虫,其翅膀的脉络是像花边网眼一般的绿色,看上去很弱小的一种昆虫。"

"这又怎么了?草蜻蛉哪儿都能见到啊。"小沼哼笑了一声。

"是的。草蜻蛉在任何地方都有,就算是房屋密集的东京,一到夏天也能经常看见草蜻蛉聚集在灯光周围。但是沾在你车上、大见衣服上和川北先生的猫身上的草蜻蛉全都是雄性,这是经过专家鉴定的。"

仿佛在问"你明白这是什么意思吗"似的，栋居直直地看着小沼。小沼有些动摇了。看来他虽然不太清楚栋居说的话有什么意义，但感到话中有什么重要的信息。

"案发当晚，在川北家附近空地上目睹了你的货车的人是猎集猫的业者。那天晚上，他使用从木天蓼中提取的物质来抓猫。有专家的实验证明，这种物质除了猫，还会吸引草蜻蛉。但是受到木天蓼吸引的草蜻蛉全都是雄性。木天蓼里有引诱猫和雄性草蜻蛉的物质。也就是说，犯罪当晚，在川北家附近看到你的货车的掠猫人，他所使用的物质招来了猫和草蜻蛉，它们和你车上的尸体一起被运走了。

"就算你的车上沾有草蜻蛉，也不可能全是雄性。你的货车和大见的尸体能够与引诱雄性草蜻蛉的木天蓼接触的机会，只有在川北家附近空地上停车的那段时间而已。所以，能将大见的尸体和猫以及雄性草蜻蛉一起运到陈尸现场的交通工具只有你的货车。当晚一步未出家门的你，车子为什么会来到川北家附近的空地上，还与木天蓼充分进行了接触呢——希望你能说出让我们信服的理由。"栋居给出最后一击。

小沼无言以对。

12

小沼供认了自己的罪行。

"好不容易中标的工程被大见抢走，他还在众人面前打我。我变得十分痛恨他。但是大见的势力太强大了，我也没有反抗他的意志。

"但是偶然的一次机会，我去川北先生家做客，那天晚上大见来了,是为了参加市文化中心的建设工程指名投标的业者选定问题,先跑来给作为委员之一的川北先生施加压力的。川北先生当然拒绝了。大见就拿出木刀威胁川北先生,川北先生说有本事打的话就打呀,结果大见就真的举起木刀要冲过去。我冲过去阻止两人,结果就变成我和大见、川北三人的大乱斗,等我回过神来才发现我已经从大见手中夺过了木刀,而大见已经倒在地上,头上还流着血。

"我们一时间都呆住了,但想到如果大见恢复意识,肯定会实施报复,于是就两人一起用临时找来的线绳缠住大见的脖子了结了他。之后,我就连夜赶往八王子住宅地皮那儿丢下了尸体。当时我发现,不知道什么时候有只猫溜进了车里,因为猫已经死了,我就一起扔掉了。我并不知道那是川北先生的猫。

"对自己的罪行感到害怕的川北先生辞掉工作,连夜出逃似的搬家了。但是我看川北先生的那副样子,担心他迟早会说出去,就把川北先生告诉我的新住址告诉了堂兄弟塚原,拜托他伪造个交通事故把川北先生给杀了。塚原自立的时候,我出资给他购买过卸土车,所以他没法拒绝我的要求。

"如果那天晚上大见没有来找川北先生的话,或者如果我没有去川北先生家的话,说不定就不会发生这样的事了。每当这么想的时候,我就万分后悔。"

根据小沼的这份自供,事件终于得到了解决。

13

事件了结后,栋居去拜访了田代。

"这次的事件多亏你，终于得到了解决。我想哪天总监会正式向你表示谢意。不过我想先表示下个人的谢意，就过来了。"栋居说。

田代说："虽然这么说对不起受害者，但如果武藏原市的市政能借此焕然一新就好了。"

"现在搜查二课正在积极揭发市政和建筑业者之间勾结的问题。"

田代已经从报道中得知，作为大见的走狗活动的副手因受贿罪被逮捕，市长的引咎辞职也只是时间问题了。大见的死将与武藏原市的土地密切相关的腐败体系一举暴露了出来。

但是作为新居民的田代还是对市政不怎么关心。不，与其说不关心，不如说是不信任权力这种东西。

掌握权力的人会傲于权力，忘记权力的来源。坐在权力宝座上的人，无论多么公正无私，无论实施多少善政，都容易被权力的毒素侵蚀。

就算市长和市议会换人，腐败的结构得到了修正，权力自身具有的毒素永远也不会改变。

"话说回来，被掠猫业者追逐的川北家的猫，到底是怎么进入小沼车里的呢？"田代将自己脑海中最后的问题说给了栋居。

"关于这点我也觉得很奇怪。这只是我的推测，听专家说，白蚁会从腹部分泌荷尔蒙，将其涂在蚂蚁通道上，作为同伴外出采食返回时的路标。这种荷尔蒙虽然在学术上还没有得到证实，但好像会引诱猫和雄性草蜻蛉。说不定因为木天蓼而神志不清的猫，闻到了沾满白蚁荷尔蒙的小沼的作业车，才在小沼将大见尸体搬上车的时候也跟着一起上车了。"栋居说。

田代觉得，白蚁的荷尔蒙能吸引本来毫无关系的昆虫与动物的假说很有意思。

而且说不定，正是白蚁分泌的这种可以称为"杀意荷尔蒙"的物质，在犯罪当晚分别将凶手、受害者吸引到了同一个场所吧。

事件解决之后，田代就再也不在窗口处观察点缀夜景的灯光了。

复眼的凶像

1

相田宏在旅途中认识了一个女人。

她自称中富京子，看上去像是个二十五岁左右的白领。最近经常能看见独自旅行的年轻姑娘，大概她也是趁着假期，出来一个人散心的。

京子衣着时尚，配饰也看得出来非常有品位。加之发型优雅，妆容精致，很有一番韵味。不过现在的姑娘都越来越擅长化妆打扮，一张平凡无奇的脸也能画成美人，万不可疏忽大意。

但就算中富京子化妆技巧平平，也能称得上是个大美女。雕塑一般的五官，哪怕远远看去轮廓也很深邃。虽然这张脸看上去气场强大，但她飘逸的长发和波浪般的发卷使其被巧妙地中和掉了。

相田一边打量着她一边想，如此漂亮的姑娘竟然独自旅行，肯定是有什么事情，要么就是在途中等着和男人碰面吧。

也许人在旅途中有种解放感，两个人随意就搭上话轻松聊了几句，不久之后气氛便熟络了起来。这在东京是想都别想的事。

在大城市里，对陌生人怀有敌意已成为大家的习惯。大家对互不相识的人都像对待敌人一样警惕。虽然在旅行中本应该对陌生人心怀戒备，却反倒是由于有了那种摆脱掉日常枷锁的解脱感，人们不觉便卸下了防备。

虽然记忆有点模糊，最开始和她说话的地方似乎是在往返于各个景点之间的观光巴士里。他们俩偶尔会坐在邻座，车里几乎满员，乘客们大都是情侣，而他们俩看起来和其他的情侣没什么不同。

在明治时期的大文豪故居里，他们拿相机帮对方拍照，偶尔相田也会把相机递给路人帮他们俩合影。

"等我洗好了照片寄给你。"

相田这样说道。这是一个探听到她住址的再好不过的机会，然而京子却只是回一句"谢谢你了"，既没有说地址也没有留下联系方式。

果然如相田所想的那样，大概她只是在等着男人过来，消磨时间才搭一下观光巴士而已。

观光巴士在各个景点转了一圈之后，回到了始发站前。到底也没能打听到她的地址。相田一边带着恋恋不舍的遗憾，一边劝自己所谓旅途中有缘无分的邂逅不过如此。于是他走到了旅游中介处准备找今晚的住处。

"你是自己来的吗？"

前台的服务员露出稍显惊讶的表情，大概很少人独自到这种温泉旅游城市来玩。单个的客人大都是出公差或者是商人，那些都是常客。

"麻烦帮我找一家带温泉的宽敞点的宾馆。"相田要求道。

"真不巧,今晚的宾馆都被旅行团订满了,现在没有空着的单间。日式旅馆你看可以吗?"前台推荐道。

就在这时,相田感觉身后有人走来,回头一看,中富京子站在那里。

"啊,相田先生也是来……"

"你也是来找住处的吗?"

二人异口同声问道。

"先生这是你的同伴吧?"前台显然是误会了。

"不……"就在相田慌忙想要纠正他的误会时,中富京子说道:"那我们不妨一起住好了。"

相田最开始以为她是在跟他开玩笑。

"不好意思,提出这么大言不惭的要求。不过,我相信相田先生是个值得信赖的人。我实在是害怕自己一个人住宾馆呢。"京子带着一副很为难的表情这样说。

"我没关系的,我们不过是今天才认识,你能这么相信我真是荣幸之至。"虽然这样回答,相田仍旧半信半疑。

今天刚刚认识的大美女居然主动要求同屋共寝,让人一时难以相信。

她大概不是在等人,而是有什么事情出来旅行的吧,相田做出了新的推测。

二人投宿于旅游中介所介绍的海滨旅馆。从房间的窗户看过去便是一望无际的大海,果然如旅馆宣传册上的广告语所言,是个绝佳的海景房。

互不了解的男女在旅途中同住一个屋檐下，在今天也几乎是难以想象的事情。这还不同于过去的那种通铺旅店。

两个人在洗完澡后，在旅馆的房间里对坐而食。明明才认识了几个小时，像这样两人相对坐着吃饭，却让人觉得好像真正的情侣一样。吃完饭后的时光便觉得有些别扭。

京子在说出希望一起住的时候，当时就应该有心理准备。两个人有了那种默契，事到如今都在踌躇。

由于略过了男女间本来应该有的烦琐过程，而是跳跃性地一举奔向共同目的，这让两人感觉就像坐上了庞大的超音速飞机在穿梭，两人心里有了距离感。

在吃饭之前两人已经泡过了温泉。

因此，相田试着问道："去酒吧吗？"

他想到了不错的消磨时间的方式，按理说为了消除那种时差般的距离感，必须把这段最尴尬的时间打发掉。

两个人在吃饭时没怎么喝酒，适量的酒精能消除那种差距感，让时间重新开始运转。

两个人去了酒吧，里面稀稀落落地坐着几位像是住客的人。

换了浴衣的京子姿态撩人，平时被质地精良的衬衫遮盖住的成熟躯体，在随时可以让人脱下的浴衣之下，带着挑逗性的意味。男人们都向京子投出了艳羡的目光。

尽管京子和他也是毫无关系的陌路人，相田还是感到了深深的自豪与优越感。

在酒吧度过一小时后，两个人回到了房间。在酒吧的时光让他们两人间拘谨的氛围缓和了许多。

进了房间后,床已经铺好了。调成最暗光线的台灯,微微照亮枕边。

"差不多该睡了吧。"相田的声音略微有些嘶哑,对他来说还是第一次经历这种场合。京子点了点头。

两人分别钻入了准备好的两套被子中。到目前为止,相田还没有任何行动。京子那边当然也毫无动静。相田在终点前迟疑不决。此时笨拙地出手,如果她说"我没打算和你这样",那岂不是很尴尬。

相田虽然鼓励自己说,如果这种机会都浪费了,那你就不是男人——但仍然没敢越过最后那一条界线。

波涛的声音一浪高过一浪,涛声的间隙,风声从山上传来。这座温泉城市坐落在山脚,依山傍海而建。

虽然钻进了被子,却完全没想酝酿睡意,或者说本来就睡不着。旁边被子里的京子翻了个身,她身上沐浴后的芳香,直直地钻进了相田的鼻子里。

"好安静啊。"相田下定决心说道。

"是的呢。"

"明天你准备去哪儿呢?不介意我问这个吧。"

"还没想好明天去哪儿。"

"不会吧,其实我做梦也没想到,能和今天才认识的你住在一起。"

"给你添麻烦了吗?"京子含笑问道。

"怎么可能。我一辈子都忘不了。我不会明早一睁眼,发现自己睡在野地里吧。"

"什么嘛,我才不是狐狸精呢。"

"但我可不是什么柳下惠，搞不好什么时候就变身成一头狼了。"

"那你变个试试。"

京子把手伸了过来，缠住了相田的手。相田用力把那只手拉了过来，京子任他摆弄，两人已经欲罢不能。

相田剥下了京子的浴衣，比想象中更为丰满有致的身体毫无遮蔽地暴露在他的视野中。相田果真如饿狼扑食一般，将牙齿深深地扎进那丰满的肉体之中。

"求你了，把灯关了。"京子喘息着。

相田完全没有听进去她说了什么，不管三七二十一地向前挺进。她也主动地打开自己的身体，帮助相田占领自己。他们共同消除掉她无意识间的些许反抗，二人很快交融为一体。

快感像洪水一样涌来，刚越过了一个高潮，紧接着到达了第二个巅峰。在跌宕浪头急转直下后的隧道里，两个人握紧双手缓缓漂流。

几番被带上风口浪尖，又在马上要滑下的时候被一方制止，或者被另一方压住，就那样沿着欲望的快感顺流而下。京子忘却了拘谨与羞涩，不可抑止地叫出声来。

她发出了几乎是被痛苦虐待一般的悲鸣，两手揪紧床单，又抓上了相田的后背。即便如此相田也没有放过她，她同样也拒绝被他放过。

好容易怒涛狂澜刚要平静，像是粘连在一起的二人的身体又再次充实起来，卷入另一波狂风骤雨。

"这种感觉真是第一次。"京子呓语着，这句话又激发了相田新一波的兽性。

在一浪接一浪无穷无尽的怒涛中翻滚着,两个人几乎是同时达到了高潮。相田在爽快的高潮中甚至感到了一丝疼痛。两人仿佛是两头激战正酣的野兽,同时用尽了进攻性和防御力,在相同的熔点中进行和解。

分享快感的激战后,在最后的和解中,他们睡了。他们以交合的不自然的体位沉沉睡去,将最后一滴欲望之力也燃烧殆尽了。

在激烈的运动后互相温存的平静时光里,两个人也没有改变这种互相纠缠的姿势。

不知是谁翻了个身,两个人同时睁开了眼睛。女人的羞耻感袭来,面对相田的询问,京子双手捂脸说"别问我这种问题"。身体里还残留着炽热的余韵,她的身体诚实地交给了这余韵。

相田看了看表,惊讶地说:"这可是最长的不倒距离啊。"

"那是什么意思?"话刚问出口,京子便立刻意识到了其中意味。

"我也是……"她回答道,"全都被你知道了呢。"她带着有些轻佻的口吻说。

"我倒没那么经验丰富,不过你可是我至今遇到的最棒的女人。"

"嗯?是这样吗?男人就是说谎的动物,才不能轻易相信你。"

"要是骗你,你觉得我能这么厉害?"

"也是呢,我承认你是'最长不倒距离'哦。身上都是汗,去洗个澡好了。"

"屋里就有浴室呢。"

"我想去大浴池洗,难得有温泉。"

"一起去洗吧……"

"不行嘛,这又不是男女混浴。不知道什么时候会有人进来的。"

"不能一起洗的话，我在屋里洗就行了。"相田在激情燃烧过后，身体像灌了铅一样不愿动弹。

"那我稍微泡一会儿就出来，在我回来之前要恢复体力噢。"京子向他抛了一个放荡的媚眼，走出了房间。

这下可能整晚都不用睡了，尽管相田的心中狂喜着，但为了在她回来之前恢复体力，还是觉得多少睡一会儿为好。

然而体内残留的兴奋让他无法入眠。一想到要和散发着浴后香气的京子二度缠绵，就激动得无法抑制，感觉身体迅速充满了力量。

恐怕明天早晨，不对，已经是今天了，一旦早晨作别后，今生便不会再见到了。和萍水相逢的女人一夜缠绵，此事不会再有，而中富京子这个名字是不是真名也无从知晓。

那女人的身体不同寻常地成熟诱人，英语里好像是将这种有故事的女人称作"women with past"，感觉像是隐藏了什么不为人知的过去。

她的那些过去散发着危险的气息，就算今后她要求再见面，相田的自卫本能也告诉他自己不会答应。

反正和她就是一夜夫妻，没工夫再睡觉了。

相田渐渐没有了困意。

然而，京子却还没有从大浴池回来，可能是因为情事后的疲惫泡在温泉里，在等体力慢慢地缓过来吧。

相田等得有些乏了，瞥了一眼时间，差不多已经过去了一小时。

虽然说女人洗澡慢，不过这也有些太久了。难道说在水里磕了碰了摔倒了？

又等了十分钟，还是没有京子回来的动静。他有些坐立不安起来，组团唱卡拉OK的客人也已经停止了喧哗，整个旅馆陷入了一片沉寂中。

浴池在一楼的最边上，对着日式的庭院。虽然大浴池整晚开放，但好像已经没有客人去泡澡了。

女子更衣室的门口放着一双拖鞋，果然她应该还在浴池里面。

"中富小姐，你在吗？"

相田在更衣室的门口冲着浴池里小心翼翼地喊了几声，却没有回音。里面没有一丝动静，只隐隐能听到以丰沛泉水著称的温泉从浴池里向外溢出的哗哗水声。

"中富小姐？"相田一边喊着，一边走进了更衣室，向浴池里看去。尽管浴池里雾气蒸腾，还是隐约看到了浮在浴池内京子白花花的身体。

惊呆了的相田迅速奔向浴池，抱起了浮在里面的京子的身体。

"京子小姐，京子小姐，怎么了，醒一醒！"

相田大声喊着，使劲摇晃着京子的身体，她却毫无反应。她的脸上像是有瘀血般肿了起来，明显不大对劲。

惊慌失措的相田向京子的后颈看去，忽然明白了。在她的脖子上有一道深深的痕迹，明显是一道勒痕。

相田一时间感到茫然失措。京子应该是在洗澡时，被什么人勒住脖子杀害了。

"这下完了。"

不由得喊出声来，刚准备联系前台的相田忽然回过神来，关于她的死，最可疑的嫌疑人首先便是自己。

就算交代是今天萍水相逢后两情相悦，而后睡在了一个房间，在警方看来也不可信。在旅馆一起住之前好好的，之后因为吵架不和杀了对方的案子实在是太多了。

相田的脑海里浮现了"银行精英在旅途中一夜迷情将女方杀害"这种报纸大标题。

相田在两年前和银行领导的女儿结了婚，在当时本部机构总部长兼行长做证婚人的婚礼酒席上，银行内的高管们全都在场。家里还有着当初新婚燕尔的氛围。

现在妻子怀了孕，劝他在久违的假期里从日常的牵绊中解脱一下也好，于是他一个人放纵地出来旅游了。

相田在学生时代加入的是旅行研究部，曾在国内外走过武士游学练武般的旅行之路。

在久违的独自旅行途中路遇陌生女人，二人一夜缠绵后，女人却不知道被谁谋杀了，这种事不管怎么辩解也不可信。就算他被证明无罪，在职场上也丧失了信用，家庭也会落得四分五裂。

陷入惊慌的相田本能地想到了自卫。浴池里一个人也没有，周围也完全没有其他人的动静。不过是昨天才认识的京子，睡在了一起，其他什么关系也没有。旅客登记簿上的名字和住址写的都是假的。

虽然告诉她的是真名，但死人是不会开口说话的。如果就这样跑掉，就可以摆脱与她一夜情的关系。那就跑吧。相田瞬间做出了决定。

相田把她的身体放回了浴池里，迅速回到房间，收拾行李。确认没有落下任何东西后，离开了屋子。

最大的困难便是在旅馆玄关这里，还好交款处一个人也不在。找到了来的时候寄存的鞋子后，相田顺利地逃离了旅馆。

不愧是著名的温泉城市,即使在午夜市里还跑着出租车。相田走到了离旅馆有一段距离的地方,打了一辆路过的空车,告诉司机开到邻镇。

2

第二天早晨五点左右,中富京子的尸体被前来洗澡的客人发现。

发现的人吓得连滚带爬一般联系了前台。前台以为中富京子是洗澡时晕了过去,叫来了救护车。

赶来的急救人员确认了她已经死亡,又叫来了警察。

接到急救人员的报告后,值班警员又联络了县警搜查一课和当地的警察局。搜查一课和当地警察局同时接到报警的联络时,就说明有案子发生。

静冈县警热海警局匆忙派出了水谷警官到案发地,现场检查了尸体。死者的脸呈现暗紫色的肿胀,颈部有一道水平的绳子勒痕,右手小臂部分有擦伤痕迹。明显死因是用绳子一类的东西勒住脖子窒息而死。

鉴识人员的调查结果显示,犯罪时间大致在昨天深夜到今早黎明的时间段内。

犯罪现场位于热海市伊豆山的老字号旅店"潮骚本馆"。

警方迅速向旅店的营业员了解了情况,得知这是昨天下午五点左右,由站前的旅游中介所介绍来住宿的一对情侣中的女人。

但是跟她同行的男人却消失了。屋里也没有男人的行李,他没有付房钱便消失得无影无踪。

男人在旅店登记的信息写着,"埼玉县大宫市高鼻町XX番地,米泽春男,公司职员,以及另外一人。"

根据本子上登记的住宅电话打过去后,听到的是"您拨叫的号码是空号"。

现在,大宫市已经属于埼玉市了,看来姓名也是假的。

关于被害人的信息只有"另外一人"几个字,根据屋里留下的银行卡和记事本等遗物,警方断定此人是住在东京都港区南青山的中富京子,二十五岁。

此人是东京都中央区银座六丁目俱乐部"JUNES"的女招待,说要去旅行,请了几天的假。

"京子小姐是店里非常受欢迎的头牌女招待,经常心血来潮就请假休息。她喜欢旅游,好像经常一个人出去玩。这样的姑娘,本该是要多少人同去都有的,她总说是出去采购,从没和店里的客人一起出去过的样子,好像也没有和她私下交往特别密切的男人。"店长和前来调查情况的警察这样说。

目前的结论就是,男人杀害了同行的女人后负罪潜逃了。

但是她的周围没有一个名叫米泽春男的人。

"奇怪啊。"水谷歪着头说。

"哪个地方奇怪了?"年轻的同事宫川问道。

"虽然不知道这对一起来温泉的情侣间发生了什么,但是就算吵架后男人杀了女人,为什么要在浴池里杀人。就算大浴池里只有一个人,也说不定什么时候其他客人就可能进来了啊。在那种时候根本用不着追着女人跑到那儿去杀了她,本来就在一个屋里,在房间里下手会更安全些吧。"

"难道不是一起洗澡的时候发生了争执,然后杀了她吗?"

"这里可不是男女混浴的池子,就算当时是深夜,也说不定什么时候就会有人进去。"

"那这么说,是冲动犯罪……"

"冲动犯罪嘛,这么说,两人在女浴池里好好地洗着澡,男的一冲动把人杀了?"

"这两人发生了什么,除了当事人之外谁也无法知道。这种事也不是没有可能吧?"

"反正,虽不能说是绝对,不过就是有点奇怪。"水谷一副毫不释然的表情摇了摇头。

终于等到县警本部搜查一课的成田警部一行抵达了犯罪现场。

水谷把初期搜查的经过向成田进行了报告。

"原来如此,同行男人的行动让人无法理解啊。"成田和水谷也有同感。

尸体被送去解剖。在当天下午三点左右,静冈大学法医学教室对尸体进行了司法解剖。

在此期间,警方对当时负责的营业员进行了调查,打听了现场以及周边的情况,对被害人以及同行的米泽春男的住址进行确认,并向当晚潮骚本馆里住宿的六十二名旅客进行了不在场证明的调查。

根据近八个小时的解剖,其结果显示:死因是由于颈部被勒引起的窒息;凶手用绳索或类似毛巾的东西缠住死者的脖子并一圈圈勒紧,导致其呼吸受阻将其杀害;右上臂有几处擦伤;有死前进行过性行为的迹象;血型为O型;无法确定她是否服用过毒药。

以上为鉴定结果。

至此可以将其判定为故意杀人案，搜查本部对热海市伊豆山潮骚本馆的女性被害案进行了立案。

3

在旅途中一场艳遇后，因为意外的突变而逃离旅馆的相田，在这之后便惶惶不可终日。

他每天都战战兢兢，怕说不定什么时候就有两个男人来造访公司或者家里。他在后来的报道中知道，中富京子就是那女人的真名。

相田是大银行——林檎银行的总行审查部职员。在精英辈出的审查部中，相田二十九岁就被分配至此，在银行历史上可是史无前例的。他在进入银行之后，取得了公认会计资格，之后便被安排到了审查部。

实行贷款业务的是银行各个营业厅，决定贷款业务是否可行的是行长、董事会或者常务董事会。但是，他们还是要根据审查部的审查结果来决定是否放出贷款。

各个分行在向外贷款时，要先向总行审查部提交会签文件。审查部据此进行详细的核查，而后呈报行长以下的最终决定机构。因此，审查部实际上决定了银行是否放贷。

一旦审查部判断失误，银行将负担大量不良债务。就这一点来说，审查部承担着重大责任的同时，也拥有着巨大的权力。

在这个二十九岁的年轻人面前，主要的分行长都要对其毕恭毕敬。大企业的高管们，在知道他是林檎银行总行审查部的人后，也无不对他点头哈腰。

如此年纪轻轻，却有着肩负林檎银行的招牌一般的自豪心理。好不容易休了几天假期，计划着从箱根到伊豆半岛周围去独自旅行，心血来潮停留在热海，偶然认识了一个女人，在意乱情迷之后，女人死掉了，这真令人绝望。

相田的未来将一片黑暗，可能无法继续在林檎银行工作了。新婚燕尔的家庭也面临破碎。他实际上无罪，他并不是在她濒死之际苦苦挣扎之时见死不救落荒而逃的。他发现中富京子时，她已经死了。他也并没有移动尸体，只是匆匆弃她而去。

她不知道被什么人杀死在浴室里，相田不过是发现尸体然后逃跑了而已。

作为同伴，发现了当天刚刚认识的一夜情伴侣的尸体，没有报警便逃离现场这种事，可能在道德上负有责任，但在法律上并无罪过。

然而，根据之后的报道，案子成立了搜查本部，正在寻找同行男人的踪迹。就算现在去跟警方说明情况，警察也不会轻易相信他的解释。与其现在挺身出来说明情况，还不如早在发现她尸体的时候就报警。

从旅馆逃跑的相田搭了辆出租车到了小田原，从那里换了另一辆车回到东京。虽然假期还剩下几天，但他早就没有了继续旅行的心思。

他没有去上班，而是跟妻子谎称旅行时有点水土不服，整日宅在家里看电视。虽然结束假期去上班也可以，但是相田觉得还是不要做这些不自然的事，以免引起怀疑。而且，他也没有精力去上班。

等到相田的精神终于恢复后，他开始回想是否有什么漏洞。

在观光巴士中相识，虽然拍了照片，但在照相的时候都是互换相机帮对方来拍，她的相机里没有留下相田的照片。

只不过有一张，是在那个大文豪的故居里，让路过的游客用相田的相机给他们俩拍了一张合影。还好用的是他的相机，相田一想到当初若是拿她的相机，不由得惊出一身冷汗。

在旅店登记簿上留的是假的住址和姓名，在逃走之前他很谨慎地检查了屋里，确定没有留下任何物品。

应该没问题，没有任何的漏洞。相田对自己说。

唯一的问题就是旅馆的营业员看到过相田和她同行，不过仅仅是一面之交的客人，后来也再没有出现过，应该问题不大。

假期结束后相田上班时，上司探过头来问道：

"出去玩得怎么样，旅途中有没有什么邂逅啊？"相田毫无准备地吓了一跳。

"怎么样，让我猜中了是吧？"

"部长，相田这种顾家好男人怎么可能自己出去旅行啊？"有同事来插了一句话。

"是嘛，居然拒绝了难得一个人的旅行，你可真奇怪。"部长嗤笑道。

在案发当晚，根据出租车司机的线索，得知一个符合米泽春男特征的男人搭乘出租车到了小田原。司机说他在小田原市内的路旁下了车，之后的去向不明。

与此同时，警方对当晚潮骚本馆的住客挨个进行了调查询问。

当晚的六十二名旅客中，有二十二人来自千叶县市川市公司组织的集体旅行，剩下的四十人中，有二十个男人，二十个女人，大都是情侣或者带着家人，只有三位是一个人出来旅行的，并且全都是来自东京、爱知、山梨、群马之外的旅客。

除了米泽之外，还有一个客人登记的住址是不存在的。这就是三个独自旅行的客人之一——冈本一郎，群马县前桥市平和町六丁目XX番地的公司职员。这个冈本是在站前拿到交通公司所发的优惠券而到这里来的。

水谷注意到了冈本一郎。他好像是第一次来潮骚本馆，根据潮骚本馆那边的交代，一般一个人住店的旅客都是出公差，都是店里的常客。

眼下虽然将米泽春男作为首要犯罪嫌疑人，全力搜查他的行踪，但冈本一郎也非常可疑。这个人为什么独自出来住店，而且还用的假名呢？

"水谷警官，你好像很在意冈本这个人啊。"宫川看着水谷的表情说道。

"嗯，光是一个人住店就已经值得观察了，加上用的假名就更引人注意了。该不会小腿上还带着伤吧？"

"他是在女人被害之前登记的假名，应该不是蓄意谋杀追到这里的。再说也不可能月黑风高的，一个女人独自去大浴池洗澡。"

"这个嘛，假设这小子腿上带着伤，自己在温泉边上来回转悠，在深夜去大浴池的时候，看到有个女人独自在泡澡。这家伙就忽然起了歹意——有这种可能吗？"

"男人进了女浴池吗？"

"如果知道是只有年轻姑娘自己的话，也可能进去吧。在下手的时候遭到了女人的强烈反抗,于是将她杀了。"

"那么,同行的米泽春男又是怎么一回事……"

"可以推测为他看到同伴一直没回来,就去大浴池看看情况,结果发现了女人的尸体,大吃一惊后跑掉了吧。"

"但是,一起到温泉旅行的情侣中的一方被害,难道不应该从女方的同伴中去查找相应的人吗?"

"中富京子的朋友圈里,好像没有米泽这号男人。"

"到底是怎么回事呢?"

"说不定是在旅途中两情相悦认识的一夜伴侣吧。"

"一夜伴侣?"

"旅途中结识而产生好感的男女住在一起也不是什么奇怪的事,近来不是常有这种事嘛。"

"我可没经历过这种事儿啊。"

"刑警不太可能这么干吧,要是真有就麻烦了。"

二人苦笑起来。

"原来如此,他们的确可能是在旅途中结识的情侣,一方死于浴池后,另一方受到惊吓而逃跑。本来就是萍水相逢不用负责的伴侣,对方不想有任何的瓜葛。"

"对男人来说,被人知道了旅途中一夜情的对象被杀,就算不是自己下的手,也不单单关乎名誉受损的事。如果他还有家庭和社会地位,那么估计也会家庭破裂,在公司丧失立足之地。"

"这样就解释得通了。"宫川同意水谷的意见。

"那么,凶手就变成了另一个符合条件的可疑人士冈本一郎了?"

"奇怪啊,这样案件就变成了另一种样子了:男人深夜看到在大浴池里独自泡澡的年轻女人，顿生歹意，却遭到了女人的激烈反抗，本来无意将其杀死，等到回过神来女人已经死了。"

"使用假名且是初次住店的这位单身客人，另有什么隐情吧。"

但是，搜查会议的多数意见更倾向于嫌疑人为米泽春男这一说。

冈本一郎在案发当日早晨八点左右，吃过早饭便不紧不慢地出去玩了。这是在警方已经发现了尸体，开始了搜查的时间。

他当时很爽快地配合了警方的询问，流畅地回答了登记的姓名和住址，一副吃惊的表情说："在吃晚饭前去大浴池里泡了个澡，饭后太累了就一直睡到第二天早晨。完全不知道出了这种大事。"

调查的警员没有继续深究，匆匆赶去调查下一个房间的旅客。

度假胜地的旅馆早晨营业很早，结账时间也在上午十点，也还有在接受警察的询问前就出发离开的旅客。

初期搜查的焦点集中在死者是被消失的同伴勒死这一判断上，作为警察，虽然想要禁止全体住客外出，一一进行调查询问，但由于还没有批下逮捕令，无法限制旅客的自由。

根据询问调查的结果，在案发前一天，市内观光巴士的司机证实，看到过貌似死者和米泽春男这样的一对情侣。

"女人绝对就是报纸上登着照片的那一个。男人三十岁左右，穿着打扮非常像一个商务人士。男人从站前，女人从市里乘车过来，因为没有其他空座了，所以两人坐在了一起。因为在途中景点要合影，当时觉得他俩关系已经非常熟络了。等开车在市里转了一圈回到站前时，他们俩已经相当融洽，简直像一开始来的就是一对情侣一样。"

根据司机的证言，证实了水谷的推测是对的。

的确是一对露水夫妻睡了一晚，在大浴池的女浴室里杀害同伴这点很不正常。他们的屋里就配有浴室。

根据巴士司机提供的新线索，冈本一郎的嫌疑就被放大了。

但是，冈本一郎却杳无音讯。他没有明显的体貌特征，说话也不带口音，只是个带着优惠券，在当天匆匆出现在旅馆的旅客，没有留下任何的踪迹就消失了。

尽管解剖表明死者生前有过性行为，但由于在温泉里浸泡了太长时间，阴道内残留的精液大部分已经流出，很难判断其精液的血型。并且死者的性伴侣还是非分泌型的精子，无法从精液中判断其血型。

案件搜查陷入了寸步难行的状态。

4

相田每天过得提心吊胆。白天在路上害怕不知何时就会从背后来两个男人拍他的肩膀，晚上睡在枕头上时总感觉追踪他的咯噔咯噔的脚步声在靠近。

越想睡着，越觉得脚步声变响，神经都紧绷起来。

相田一时间陷入了睡眠不足的状态，不过精神反倒异常地亢奋，工作上一帆风顺。不如说他是想要埋头于工作，忘却不安。

对于他最近工作中的反常状态，上司非常惊讶。

"相田最近非常拼命啊，精力充沛也要适可而止，不然身体可要垮掉的。"

听到部长这样说，相田突然反应过来。

如果不按照平时一样行动便会招致怀疑。整日惶惶不安，不知不觉中就会和平时的表现不同了。相田告诫自己。

依旧没有两个男人来找他，连一点动静也没有。相田慢慢放松了警惕，应该已经躲过了最危险的时期。

后来他虽然关注着媒体新闻，但没看到有案件的后续报道，也没有听到凶手被逮捕的消息。案子仿佛陷入了僵局。

到了这个时候，相田已听不到枕边响起的脚步声了，在工作中就算背后有人拍他，他也不会再吓一跳了。

妻子生了一个健康的男孩，他在银行的工作也如鱼得水。

案件发生后过了一年，相田已经完全消除了警惕。大概案件就这样陷入了僵局。虽然没有任何报道，不过搜查本部应该已经解散了。

这段时间，相田的妹妹千草带来了一个男人，千草介绍说他叫江波惠介，二十七岁，是一名室内装潢设计师。

那人清瘦修长的身材，带着忧郁敏锐的书生气质，果然是妹妹喜欢的类型。谈吐得体，说话非常风趣，交谈时左右逢源，会不断地制造话题，让人不觉得乏味。同时，他能够关注并洞悉对方的想法，转移话题的技巧非常高明。

相田在一旁也能看出来千草对江波的爱恋，他用智慧的风度以及得体的言谈夺走了妹妹的心。

千草在认识江波后，立刻对他一见钟情，决意与他结婚，大概已经将江波介绍给了父母，希望获得他们的同意吧。

相田是家族中最出色的成员，如果相田能够点头，那父母也一定不会反对。家里只有这对兄妹，二人从小关系就非常亲密。妹妹千草一直对相田无话不谈。

对方本来是无可挑剔的人。但是，相田在江波告辞之后，总有一种不好受的感觉。聊天的时候围绕一些话题聊得很愉快。尽管当时在座的气氛都很融洽，但就在他起身告辞之后，渐渐感觉到这人有种说不出来的别扭。

相田毫无理由地对江波有一种生理上的厌恶感，自己也不知道这从何而来，但相田就是本能地感到江波散发着一种敌对的气息。

"哥哥，你觉得他怎么样？"千草问道。

相田不得不答道："感觉那个男人会给你带来不幸。"

"为什么啊？你为什么这么评价惠介呢？我只要惠介了，我们彼此都认为对方是这个世界上的唯一。"原以为哥哥一定会同意的千草发出了抗议。

"你现在是因为跟他热恋中，所以不明白。那男人不适合你。"

"哪里不适合了，哥哥你和他不是也很聊得来嘛。"

"只是顺着他的节奏说而已，那男人天生有种冷漠感。他心中一定有一块不能融化的坚冰，这种事情你是不会懂的。"

"胡说，是哥哥你对他有偏见。再也没有比他更温柔的人了。不管哥哥你说什么，我都下定决心了。我要和惠介结婚。"

"我不同意，作为哥哥我绝对不会允许自己眼睁睁看着妹妹陷入一桩不幸的婚姻。"

"我已经是大人了，结婚是宪法赋予我的权利。不需要你的同意。"

"无论如何我反对。"在与千草争论的时候，相田确定了自己的意见。

刚开始还有些不确定和犹豫，就在反对的同时已经确定了这种感觉。

江波绝对是对妹妹和自己具有威胁性的敌人，相田的自卫本能已经发出了危险的信号，告诉他绝对不能允许江波与千草结婚。

5

老人的兴趣是摆弄相机，年轻时的理想也是成为一名专业的摄影师。

但是随着相机性能的提升，专业摄影师和外行人士之间的差距逐渐缩小，让他失去了这种野心。由于专业和外行之间的差别太小，只能让评判专业的条件变得更加苛刻。

虽然放弃了成为摄影师的念头，但他却一直没有离开相机。

用肉眼看到的人和风景，与从取景器里窥视到的世界，看似相同却另有不同。肉眼看到的东西要么随着记忆一起随风而逝，要么成为错误的记忆。

相机镜头看见的东西会被半永久性地定格，但视野却被照片的构图限定住，只有肉眼能看见的气氛、声音、味道、气温以及微妙的色彩都被忽略，损失掉了一些感觉。

老人把肉眼与相机中看到的这部分世界，称为复眼的世界。比起一种眼睛，复眼能更好地看清这个世界。

更不用说随着年纪越来越大，老人肉眼的视力逐渐衰退，相机之眼的纠正越发显得必要起来。

用相机拍下来被半永久定格的影像，并不一定是自己相机中拍下的景象。

偶尔也会被人要求帮忙拍照，有相识的熟人，也会有擦肩而过的陌生人。或者说，后者更多一些。

通过老人按下快门的一瞬，这些被拍下的人，其人生中的一个镜头就这样被半永久性地定格了。拍照者自己一般都不会见到照片。帮熟人拍照的时候，有时会把照片洗好后送过来，但帮陌生人拍照的时候，肯定是永远也不会看到那照片的。

但是，哪怕只是短短一瞬，拍照人也在按下快门的时候见证了镜头中那个人生命中的一个瞬间。并且，这个被拍照人见证的瞬间影像，却能够被保存在陌生人的相册中。老人觉得这实在是很有意思。

老人想象着那些拜托自己按下快门的人的相册里，他为其定格下的生命中的那些瞬间。

有句话叫萍水相逢前生缘，现在想来，这也是另一种难得的缘分。只不过拍照人和被拍照人都没有意识到这种事情的重要性而已。

老人常帮别人拍照，自己却几乎从未拜托过别人。一般托人拍照时，都是找一个当时正好在场或者正好经过的人，放心地将相机递过去，自己摆好姿势。

被要求帮忙的人中，尽管也有人表现出一副不大情愿的样子，不过几乎没有人会拒绝。帮忙的一方和请人帮忙的一方，都不用负什么责任。

尽管别人帮忙拍的照片有时会焦点模糊，有时会少拍了头或脚，那也不用追究什么责任。

老人也会一时兴起出去旅行，不带同伴，不做规划。走到哪里，前进还是后退，全凭脚下的感觉和自己的心情。他不会走得太远，就把旅行当作平时散步的延伸一样。

在一次这样的短途旅行中，偶然经过一个热海的作家故居旁，有一对年轻的情侣拜托老人帮他们合影。大概是看老人手里也拿着相机，就喊住了他。

老人也很轻松地答应了请求，按下了全自动相机的快门。这是对看起来关系很好、彼此间还有些客气的情侣。一开始老人还以为他们是新婚夫妇，不过似乎也不太像。

首先他们没有新婚夫妇那种清纯甜蜜的感觉。就算新婚燕尔，双方还比较客气，在衣着和气氛上也会让人有一种两人心心相印的感觉，他们俩却完全不是这样。

老人打量着他们，认为两人是在旅途中相识而产生好感的。他们随后坐上市里的观光巴士离去了。

老人在这之后，环绕伊豆半岛旅行一圈后回到了东京。在旅途中，依旧遇到几名旅客拜托他拍照。随身带着相机的人一般更容易被人拜托帮忙拍照。

老人很快就忘记了旅途中因为相机而结识的缘分。他回家之后，在阅读外出期间攒下的报纸时，忽然注意到了社会版。上面登着一张照片，那张脸出现在了老人模糊的记忆中。

这条新闻占据了很大一块版面，报道了在热海的旅馆内一名女性旅客被杀害的案件。

报道声称，一名银座的女招待在旅途中，投宿于热海的一家旅馆，深夜在旅馆的大浴池泡澡时被人杀害，警方正在追踪同行男人的行踪。

在作家故居前求他帮忙照相的那对情侣，女人的脸和报纸上的照片完全重合了。

（那个女人被杀了。）

警方正在寻找的那名同行的男性，就是把相机递给老人，和那个女人一起合影的人吧。

看了照片，老人想起了女人的长相，但无论如何也没法回忆起男人的模样。他无法想起那个相机里站在被害人中富京子旁的男人的脸。老人的确能够想出男人的样子，但五官却是一片空白。

不过，老人拍下的照片应该已经定格在胶片上。只要警方找到胶卷，就能知道和那个女人一起的男人的身份了吧。

老人在后来一直关注着事态的报道，却没发现有新闻说已经发现了那个同行男人的来历。

警察没有拿到胶卷。这也就是说，老人按下快门的相机是男人的，他带着相机逃走了。

就算男人逃掉了，如果两个人是正常情侣关系的话，也能从被害人的朋友圈里得知男人的身份。新闻没有报道男人的身份，就是说正如老人当时所想的那样，这两个人是在旅途中认识的短暂情侣。

在老人按下快门之后，两个人之间又发生了什么。并且，为什么会把同居一屋的女人杀害于人多眼杂的大浴池？老人和警察有同样的疑问。

想到这件事和自己毫无关系，老人摇了摇头。

不过，老人很关心自己拍的那张照片去哪儿了，如果同行的男人是凶手的话，那么老人拍下的照片会成为揭示死者与男人间关系的铁证。恐怕那男人已经将照片销毁了吧。

老人的想象也只能到此为止了。

6

搜查陷入了胶着状态。对旅馆住客的询问也没有得到可靠的消息，找不到一点关于米泽春男和冈本一郎的线索。

而关于中富京子的朋友圈，以及她工作的"JUNES"俱乐部的客人，由于服务员已经更换，没有留下一点记录。

就在搜查毫无头绪的时候，水谷忽然想起一件事。

"使用假名的时候，比起信口胡诌一个名字，一般人更会选择随便用一个朋友的名字，或者改一下自己名字中的一部分吧。

"并且在案发当天，如果凶手就在接受询问的住客中间，那么能够立刻对搜查员完全编造一套说辞是非常困难的。这就可能说明，在这个人编造的说辞中，有一部分陈述的是事实。

"从这个案子犯罪现场的特殊性、临时情侣米泽春男的失踪，以及符合条件的旅客冈本一郎的消失这几点看来，我认为是冲动犯罪。从作案手法来看，凶手很可能还有犯罪前科。"

搜查本部听取了水谷的意见。

警方迅速根据登记簿上写下的冈本一郎以及住址等关键词查询了有犯罪前科的人员档案。

结果显示，有十三个有犯罪前科的人符合条件，其中一人的出生年月日和当时冈本回答警方的相一致。

此人用了母亲的旧姓色本，家乡在群马县前桥市。四年前的十月二十三日，他因盗窃罪被埼玉县熊谷警局逮捕，当时二十三岁，没有固定居所。

根据当时的笔录，色本是埼玉县熊谷市内道路建设工程的一名临时工，趁着住户不在家时闯入宅内盗窃钱财。

在接二连三接到报案后，熊谷警局派人埋伏于案件多发地区，在埋伏于一家主人长期外出的住户庭院时，发现了色本的行踪，通过继续监视终于抓住了现行。

他对工程建设的负责人使用了冈本一郎这个假名。

色本在熊谷警局之时，由于胃穿孔大出血而被中止拘留，送往熊谷市山崎胃肠医院治疗，在同年十月二十八日的深夜从该医院逃跑，从此下落不明。

终于看到一丝光明的搜查本部，对冈本一郎所住的房间内的餐具、热水瓶、洗手间等提取了指纹和掌纹，通过与警察局指纹中心所记录的色本的指纹相比对后，其结果一致。

搜查员们感到精神振奋起来。但是，水谷仍然持谨慎的态度。

他告诫大家："目前只是确定色本与冈本为同一人，尚没有色本犯罪的任何证据。我们看见了隧道的出口，但还是要更为慎重地继续进行调查。"

7

不顾相田的反对，千草还是要和江波结婚了。

作为哥哥，没有阻止已经成年的妹妹结婚的权利，就算千草没有成年，相田不是她的监护人，也无法干涉她的婚姻。

虽然反对，但既然妹妹已经决定结婚，相田作为唯一的哥哥，还是对千草的新家庭予以支持。

看到哥哥终于让步了，千草喜不自胜，和江波宛如一对新婚夫妇的感觉。两个人在市里的礼堂转了一圈，最终选定在惠比寺一带很有人气的酒店会场里举行仪式。

"惠介的亲戚特别少，虽然咱们家已经尽量少请客人了，但还是不平衡啊。哥哥，你看怎么办。"千草面对半个月后的婚礼，非常为难地说。

"特别少，是有多少人？"

"那个……"千草的表情更加为难了。

"到底是多少人？"

"他的妈妈和妹妹……"

"什么？就只有两个人？"相田惊呆了。

"他爸爸去世得早，妹妹也不是亲妹妹。"

怎么看都是家里的情况相当复杂的样子。

"就算父亲过世得早，那么叔叔婶婶、堂兄堂妹总是有的吧？"

"他和亲戚间的关系不和，惠介不想把他们请来嘛。"

"就算关系不和，但是结婚这种事另当别论啊。"

"就算请他们，他们也不会来的。"

"他已经进入社会了，工作上的同事、客户、朋友也是有的吧？"

"因为职业比较自由嘛，他说没有那种关系好到能叫来参加婚礼的朋友。不过，结婚就是两个人的事嘛，不请客人不是也挺好的嘛。"千草顺势说。

"结婚是两个人的事没错，婚礼却是向社会宣告你们二人结婚这一事实的仪式啊。如果婚礼只有两个人，那去无人岛举行都可以，不办婚礼都可以。但是，人总要在社会中生活，因此必须要让社会认同你们二人结婚的事实。作为夫妇要开始一段崭新的人生，肯定是得到越多的祝福越好啊。"

相田想起了当年行长为自己做证婚人的婚礼。

只是一名银行职员的婚礼，几乎所有的银行高管以及政界财界的大人物都出席了，真的称得上是一场盛大豪华的婚礼。

与之相比，新郎作为一名有工作的社会人，他那一方只有两位亲戚出席，实在令人难以置信。果然应了相田之前不好的预感。

就像江波的婚礼只叫来两个人一样，他的背后一定有什么不为人知的秘密。

"两个人也好一个人也好，这又不是哥哥的婚礼。我有江波一个人就足够了。"千草固执地说。

最终就像千草所说的那样，毕竟是她自己结婚，就按照她的意思来办。

新娘方面也尽量少请客人，并且让一半的人坐在男方亲属席那边，这样终于让双方看起来比较平衡。即便如此，女方的来宾还是有七十人之多。

没有证婚人，婚礼酒席的祝词也只有女方的客人在讲，真是一种奇妙的形式。

在婚礼前介绍双方亲人时，司仪向大家介绍新郎的母亲和妹妹。在新娘的众多亲戚面前，新郎的母亲和妹妹始终战战兢兢，说不出几句话来。

酒席开始的时间将近，乍一看去，和普通的婚礼没有什么不同。好像没人注意到，新郎方面除了亲人之外的客人一个也没有。

身着盛装的新郎新娘看起来真是般配的一对。穿着纯白色婚纱的千草，在父亲的护送下，从礼堂的中央缓缓走来时，相田才注意到自己的妹妹竟然是这样漂亮。

站在礼台前迎接的风度翩翩的新郎的样子，和新娘非常般配，果然是天造地设的一对夫妻。

在司仪牧师的引导下，二人宣誓结婚的时候，相田完全忘记了自己曾经反对过他们婚姻的事。没有任何根据就先入为主来判断妹妹选择的结婚对象，或许是自己错了。果然妹妹的眼光是正确的，相田纠正了自己的想法。

谁也没注意到新郎的亲人很少，也没请客人。总而言之，只要本人看着好就可以了。

在酒店的小教堂里举行完仪式后，在同酒店举行的酒席也一直是和和睦睦。司仪非常善于随机应变，在来宾讲话的时候，没有一一介绍此人和新郎新娘的关系，因此大家都以为出席的客人中一半是男方请来的。

婚礼顺利地进行着，马上就要到结束的时间。

8

从色本惠介原籍的户籍簿上，警方得知他的母亲在生下惠介之后便离了婚，带着惠介与江波慎一再婚，同时江波与惠介建立了收养关系。

江波慎一再婚时带了一个十岁的女儿名叫小枝，和惠介成了兄妹。

再婚三年之后，江波慎一因病死亡，惠介离开了只剩母亲和妹妹的家。从那以后，好像是换过很多职业。

搜查本部把江波惠介作为案子的最大嫌疑人，四处调查江波曾经停留的地方，但终究是一无所获。

根据种种证据，搜查本部推测江波就是犯罪凶手。

于是搜查本部将江波作为嫌疑人，以他拥有足够的犯罪嫌疑为由，决定申请对其的逮捕令。

得到逮捕令后，就在全国撒网指名通缉。

水谷在指名通缉他之前，为防万一，再次调查了江波原籍的户籍簿。结果发现了意外的事实。

江波惠介于十天前与千草提出结婚申请，在东京都杉并区堀之内XX番地以夫姓建立新户籍，已在原籍除籍。

没想到江波惠介在十天前结婚了，不过这样也就清楚了他新家的地址。

搜查本部在听了水谷的报告后异常兴奋，在警视厅高井户警署的协助下调查了江波惠介的住处，得知他将在两天之后于东京市内的酒店里举行婚礼。婚礼前已经登记结婚了。

在江波举行婚礼的当天，拿到逮捕令的搜查本部成员，与当地警察一同埋伏于酒店的会场内。本来如果可以的话，应该仪式前要求他前往警局接受调查，在他招供之后再施行逮捕，但由于拿到逮捕令费了一些时间，只能变成在婚礼举行后再要求他协助调查了。

这时距案子发生已经过了一年。

9

婚礼顺利地进行着，马上就要到结束的时间了。新郎新娘一起站起来，相田作为双方家庭的代表向出席婚礼的客人致谢。

本来应该是新郎一方的代表向来宾致谢的，但江波的母亲实在不习惯在人多的场合讲话。于是相田接受了新郎的请求，作为两家的代表致辞。

客人们都带着满足的表情，提着伴手礼，和新郎新娘以及相田打完招呼后离开了会场。

最后一个客人站在了他们面前。乍一看去，是一名八十年代学者穿着的老人。老人的脸上一副饱经风霜的沧桑，泛着鞣质皮革的古铜色，上面布满了刀刻斧凿般的皱纹。

然而，老人身上却没有一丝赘肉，好像紧张运转的高性能机器，身姿矫健地走来。也可能很意外地没有多大年纪，老人看着新娘，眼里闪着光芒，

"笹野老师，今天非常感谢你能到场，我真的没想到你能大驾光临，真是我的荣幸。"

司仪介绍，千草称为老师的这个人，是新娘小学时候的恩师。

"恭喜你啊，谢谢你今天请我过来。看到当年那个可爱的小学生，今天竟然长成了这么漂亮的新娘子，真让人感慨万千。真是不错的婚礼。"

老人好像要克制住自己的感情一般，绽开了佛面一般的笑容。

看到老人手里拿着相机，新娘便说："老师，能帮我们和哥哥合张影吗？吃饭的时候哥哥的座位离得太远，都没能一起照张相。老

师能帮我们照一张的话,能留下很美好的回忆呢。"

老人用手里的相机,已经拍下了新郎新娘切蛋糕时的圣烛式。答应了新娘的请求后,老人在他们三人前调整了下镜头。

10

老人在接到相田千草的结婚请柬时,费了一番时间想起来这个人是谁。尽管想起来这个寄信人是自己当小学老师时教过的一个学生,但是他找出已经泛黄的相册,在照片里无论如何名字也对不上脸。

尽管如此,本来已经没有其他社会关系的老人,还是被已经泛黄的模糊的过去勾起了阵阵怀旧的情绪。按照请柬中所写的时间到了会场看到新娘后,终于把这个名字和脸对上了。

这小姑娘小时候经常被淘气包欺负得直哭,大概是请来老人以感谢当年保护她的恩情。

老人接受了新娘的请求,举起相机对着他们。对于已经没有什么牵挂的老人来说,相机是他唯一的朋友。

就在老人举起相机的时候,新郎忽然走开了。

"啊,惠介快过来,我们三个人一起照一张合影嘛。"新娘说。

"不了,从今以后就都是我们两个人的照片了,让老师给你和哥哥拍一张合影吧。"新郎说。

老人把相机对准靠在一起的兄妹俩,在取景器里调整构图。突然,新娘的脸,和当年在热海那个作家的故居前,拜托他合影的那对情侣中那个女人的脸重叠了起来。

紧挨着她站着的男人的脸,忽然浮现在了记忆中。老人一瞬间看到过的画面的空白部分,被这张脸填补上了。

作为新娘的哥哥站在新娘旁边的这个男人,就是一年前在热海被害的那个女人的同伴。

面对摆好姿势的新娘和她的哥哥,老人举着相机僵住了。

11

在新娘和她哥哥照相时,水谷看好了此时离开新娘身边的新郎,走上前去。

"你是江波惠介吧。"

被散发着不合时宜气息的水谷这么一喊,江波吓了一跳。在水谷的背后,婚礼酒席会场那盛大热闹的气氛还未散去。

"你是什么人?"

"一年前,关于热海市内潮骚本馆杀害女性中富京子的嫌疑人的逮捕令已经下发。"

水谷把一张纸举到了脸色大变的江波眼前。

江波惠介被警察带走,留下茫然站在一旁的新娘和她的亲属们。

当时仍闪烁其词准备蒙混过关的江波,在警方摆出调查周密的种种证据后,终于屈服了。

12

江波招供了。

"我从熊谷市医院逃跑以后就辗转于各个地方,做过短期工,有时也会入室行窃。

"有一天我潜入了小田原一家银行的宿舍,因为偷到了一些钱,就想去泡温泉,一时兴起就在热海站下了车。在站前的交通公司买了优惠券,住进了潮骚本馆。虽然来泡温泉的大都是旅行团或者情侣,但一个人来也完全没觉得无聊。

"在旅馆的酒吧里喝了点酒,在房间里看成人电影时觉得有点心浮气躁,想分散下注意力就去了大浴池。因为听到女浴池那边有动静,就从更衣室里向里面看了看,好像有一个女人自己进去了,我就装作走错的样子也进了女浴池。

"那女人吓了一跳,说这里是女浴池让我出去。看到了女人的身体,我脑子里浮现出了在屋里看的成人电影的画面,一时无法自持扑向了她,那女人就大喊大叫激烈反抗。我本没打算杀了她的,但如果引起人注意那就糟了,于是我用毛巾勒住了她的脖子。等我反应过来的时候,那女人已经精疲力竭了。

"虽然知道大事不妙,不过我觉得当时在大浴池里没有别人,我和这个女人又毫无关系,如果装作什么事也没发生,那么就不会有人知道是我干的。于是我就逃回房间睡觉去了。

"第二天那女人的尸体被发现后,警察也来我的屋里进行了询问。我一脸无辜,用了往常使用的假名,装作非常吃惊的样子。在警察离开后我吃了早饭,离开了旅馆。谁也没有怀疑我。

"后来,我在打工的装潢公司学了一点室内装潢设计的工作,开始冒充室内装潢设计师。干这种洋气的工作很受年轻小姑娘的欢迎,后来就认识了相田千草并和她结婚,想趁着这个机会喘息一下。完全没有想到,那时无意中告诉警察的出生年月日竟然暴露了行踪。

我对当时害死的那个女人感到十分的愧疚。"

根据江波的交代，案情水落石出。

在热海警局举行的简单的庆功宴上，宫川问水谷：

"你怎么看中富京子的那个叫作米泽春男的同伴？"

"在旅途中偶然认识的女人被杀后，害怕自己被怀疑于是逃掉了吧。虽然自己不是凶手，但免不了要被警方询问。如果被媒体报出名字，自己也会信誉尽失，就是害怕这些才逃掉的吧。"

"他知道凶手被逮捕并且招供后，应该会松一口气了吧。"

"在凶手被抓获之前，估计他每天都是提心吊胆的。这就是旅途中搭讪的代价啊。"

"以后可不能在旅行途中跟年轻姑娘乱搭话了啊。"

"没关系，你不用操这个心。咱们就算跟人家搭话，也没人会搭理咱们的。而且估计没有姑娘会主动跟咱们搭话。"

"那也说不定嘛。"

这时才终于有点庆功宴的气氛了。

婚礼后，老人看到了热海温泉旅馆女性被害案的凶手被逮捕的新闻。凶手在当天正举行婚礼，在婚礼现场遭警方逮捕一事被媒体大肆渲染，各大媒体都进行了大幅报道。

那个站在被害女性旁边的同伴，竟然是自己当年学生的哥哥，老人对此非常吃惊。

他为什么会和被害人在一起，发现死者尸体的时候他怎么逃跑了，老人对此做了种种揣测。

无论如何凶手已经归案，老人松了一口气。但是，新娘的哥哥和丈夫无论谁是凶手，对新娘来说都将是个沉重的打击，一想到此，老人心中十分惋惜。

13

妹妹的丈夫竟然是杀害中富京子的凶手，相田得知此事后感到万分震惊的同时，也终于松了一口气。

相田的心里有两块石头落了地。其一是警方已经不会将他作为嫌疑人来追踪了，其二是虽然千草很可怜，但是在婚礼上发现了新郎的真面目，也算是把伤害减少到了最低。

如果等到婚后两人有了孩子，丈夫作为杀人凶手被逮捕的话，那就什么都晚了。那时千草受到的打击会更大，而现在还有充足的时间来恢复。

相田意识到，自己对江波的第一印象并没有错。相田的自卫本能的确让他察觉到了从江波身上散发出来的那种凶恶气息。

现在江波已经被逮捕归案并且供认不讳，也就保障了相田自己的安全。

但是，心里虽然放下了石头，却有其他什么东西冒了出来。相田察觉到自己意识深处蠢蠢欲动的一种不祥的感觉。

那时大浴池里水气缭绕，虽然记不太清了，但相田发现中富京子的时候，说不定她还活着呢？

当时自己震惊万分地抱起了京子的身体，感觉她好像微弱地动弹了一下。虽然惊慌失措的他把京子放回原处就逃了出去，但如果当时迅速叫来救护车或者联系医院，给她施以及时的抢救，是不是能让她活下来呢?

如果那个时候京子真的一息尚存,没有对她采取任何抢救措施、直接落荒而逃的相田,才是真正的杀人凶手。

事到如今也无法确认,但是相田对于当时抱起倒下的京子的感觉就是——

(你为什么不救救我?)

相田仿佛从水汽蒸腾的记忆深处,听到了京子带着恨意的声音。

真正杀害中富京子的凶手可能是自己。江波以为她死了的时候,其实她还活着,而事实上是相田结束了她的性命吧。

千草第一次把江波引见给自己时,产生的那种厌恶感,可能是因为自己的本能已经知道了这一点。

江波为自己背负了所有的罪名,但是在相田今后漫长的人生中,耳边都将不断地听到中富京子带着恨意的声音。那种怨恨的声音将一天比一天清晰,一天比一天响亮。

(是你杀了我。)

(是你杀了我!)

NINGEN NO TENTEKI by MORIMURA Seiichi
Copyright © 2004 MORIMURA Seiichi
All rights reserved.
Original Japanese edition published by Bungeishunju Ltd., Japan in 2004.
Chinese (in simplified character only) soft-cover rights in P.R.C. reserved by New Star Press Co., Ltd., under the license granted by MORIMURA Seiichi arranged with Bungeishunju Ltd., Japan through East West Culture & Media Co., Ltd., Japan.

著作权合同登记图字：01-2018-6462

图书在版编目（CIP）数据

人类的天敌／（日）森村诚一著；杨清淞译．——北京：新星出版社，2018.10
ISBN 978-7-5133-3069-5

Ⅰ.①人… Ⅱ.①森… ②杨… Ⅲ.①短篇小说-小说集-日本-现代 Ⅳ.①I313.45

中国版本图书馆CIP数据核字（2018）第090271号

人类的天敌

（日）森村诚一 著；杨清淞 译

责任编辑：王　萌
责任校对：刘　义
责任印制：李珊珊
装帧设计：冷暖儿

出版发行：新星出版社
出 版 人：马汝军
社　　址：北京市西城区车公庄大街丙3号楼　　100044
网　　址：www.newstarpress.com
电　　话：010-88310888
传　　真：010-65270449
法律顾问：北京市岳成律师事务所

读者服务：010-88310811　　service@newstarpress.com
邮购地址：北京市西城区车公庄大街丙3号楼　　100044

印　　刷：北京京都六环印刷厂
开　　本：910mm×1230mm　　1/32
印　　张：6.875
字　　数：104千字
版　　次：2018年10月第一版　2018年10月第一次印刷
书　　号：ISBN 978-7-5133-3069-5
定　　价：36.00元

版权专有，侵权必究；如有质量问题，请与印刷厂联系调换。